(唐)白居易 撰

宋本白氏文集

第九册

國家圖書館出版社

第九册目録

卷六二　策林一

卷六三　策林二

卷六四　策林三

卷六五　策林四

白氏文集卷第六下

奏狀三　凡七首

論重考科目人狀

今年吏部應送科目及平判人所試文書等

右臣等奉中書門下牒稱奉進旨令臣等重考定聞奏者臣等竊有所見不敢不奏伏以今年吏部科第不置考官唯遣尚書侍郎二人考試吏部事至繁劇考送固難精詳所送文書未免瑕病臣等若苦考覆退者必多韓皐累朝舊臣伏料陛下不能以小事致責臣等竊以朝廷所設科目雖限文字其間

收採兼取人材今吏部只送十人數且非廣其中更重黜落恐
事體不弘以臣所見兼請不考已得者不妨儌倖不得者所勝
無多貴收人材務存大體伏乞以臣等此狀宣付宰臣重賜裁
量伏聽進旨
元和十五年十二月十三日重考定科目官將仕郎守尚
書司門員外郎臣白居易等狀奏
重考定科目官將仕郎守尚書祠部員外郎上護
軍臣李虞仲

舉人自代狀

中書省朝議郎權知尚書兵部郎中騎都尉楊嗣復
右臣伏准建中元年正月五日勑文武常參官上後三日舉一
人自代者伏以前件官有辯政之學有體要之文文可以掌王
言學可以待顧問名實相副輩流所推選備侍臣參知制命

酌其宜稱誠合在先臣既語詳輒舉自代謹具聞薦伏聽勑旨
長慶元年正月四日新授朝議郎守尚書主客郎中知
制誥臣白居易狀奏

論重考試進士事宜狀

右臣等伏料自欲重試進士已來論奏者甚衆伏計煩黷聖聽之外必以爲或親或故同爲黨庇臣今非不知此但以避嫌事小隱情責深所以冒犯天威不敢不奏伏希聖鑒試詳臣言伏以陛下慮今年及第進士之中子弟得者僥倖平人落者受屈故令重試重考此乃至公至平凡是平人孰不慶幸況臣等才識淺劣謬蒙選充考官自受命已來夙夜惶懼實負憂懇昧不副天心敢不盡力竭誠苦考得失其間瑕病纖毫不容猶期再三知臣懇盡然臣等別有愚見上裨聖聰反覆思量輒敢竊奏伏准禮部試進士例許用書策兼得通宵得通宵則思慮

必周用書策則文字不錯昨重試之日書策不容一字木燭只
許兩條迫促驚忙幸皆成就若比禮部所試事校不同雖詩賦
之間皆有瑕病在與奪之際或可矜量儻陛下垂仁察之心降
特達之命明示瑕病以表無私特全身名以存大體如此則進
士等知非而愧恥其父兄等感激而戴恩至於有司敢不懲革
臣等皆蒙寵擢又忝職司實願裨補聖明敢不罄竭肝膽謹
具奏聞伏待聖裁謹奏

長慶元年四月十日重考試進士官朝議郎守尚書主
客郎中知制誥臣白居易等奏

重考試進士官朝散大夫守中書舍人上輕車都
尉臣王起

讓絹狀　長慶元年八月十三日進

恩賜田布與臣人事絹五百匹

右田布以臣宣諭進旨勑命荷恩遂與臣前件絹臣不敢受尋以奏陳昨日中使第五文岑就宅奉宣令臣受取者臣已嘗時進狀陳謝訖感戴聖恩昨日不敢不謝酌量事理今日不敢不言臣家素貧非不要物但以昨者陛下遣臣宣諭田布不同常例田布今日之事不同諸家何者未報父讎未雪國恥凡人有物猶合助之況取其財有所不忍又昨除田布魏博節度制中誡云一飯之飽必均於士卒一毫之費必用於戈矛今以五百匹絹與臣臣若便受則是有違制命不副天心臣又以凡節將之臣發軍討叛大費雖資於公給小用亦藉其家財今陛下方欲使田布誓心報讎捐軀殺賊伏料宣諭慰問使者道路相望若奉使之人悉須得物臣恐鎮州賊徒未殄田布財產已空欲救將來乞從臣始此則求田布物者必息而田布感聖渥倍深責其成功必有可望臣食國家之厚祿居陛下清官每月

俸錢尚慙尸素無名之貨豈合苟求伏願天鑒照臨知臣不是
飾讓臣又非不知如此小事不合塵黷尊嚴心實不安不敢不
奏其前件絹臣尋已却還田布伏乞聖慈許臣不取仍望宣示
田布令知聖恩謹録奏聞伏待進止

論左降獨孤朗等狀　長慶元年十二月十一日奏

都官員外郎史館修撰獨孤朗可富州刺史起居舍人溫
造可朗州刺史司勳員外郎李肇可澧州刺史刑部
員外郎王鎰可郢州刺史

右今日宰相送詞頭左降前件官如前令臣撰詞者臣伏以
李景儉因飲酒醉詆忤宰相旣從遠貶已是深文其同飲四人又
一例左降臣有所見不敢不陳伏以兩省史館皆是近署聚
飲致醉理亦非宜然皆貶官即恐太重况獨孤朗與李景儉
等皆是僚友旦夕往來一飯一飲蓋是常事景儉飲散之後

忽然醉發自猶不覺何況他人以此矜量情亦可恕臣又見貞元之末時政嚴急人家不敢歡宴朝士不敢過從衆心無憀以爲不可自陛下臨御及此二年聖慈寬和天下欣戴臣恐此詔或下衆情不免驚憂兼恐朝廷官寮從此不敢聚會四方諸遠不知事由奔走流傳事體非便伏惟宸鑒更賜裁量免至貶官各令罰俸感恩知失亦足戒懲臣不揆惷愚輙敢塵黷豈不懼罪豈不惜身但緣進不因人出於聖念自忠州刺史累遷中書舍人已涉二年一無裨補夙夜慙惕實不自安前後制勑之間若非甚不可者恐煩聖聽多不備論今者所見若又不奏是圖省事有負皇恩伏希天慈以此詳察知臣所奏不是偶然其獨孤朗等四人出官詞頭臣已封訖未敢撰進伏待聖旨

論行營狀 應縁鎭州行營利害事宜謹具如後

一請專委李光顔東面討逐委裴度四面臨境招諭事

右臣等伏見自幽鎮有事已來詔太原魏博澤潞易定滄州等五道節度各領全軍又徵諸道兵馬計七八十萬四面圍繞已逾半年王師無功賊勢猶盛弓高已失深州甚危者豈不以兵數太多反難爲用節將太衆則心不齊莫肯率先遞相顧望又以朝廷賞罰近日不行未立功者或先封官已敗衄者不聞得罪既無懲勸以至遷延若不改張必無所望今李光顔既除陳許節度盡領本軍伏請抽諸道勁兵通前約與三四萬人從東速進開弓高糧路合下博諸軍解深邢重圍與元翼合勢令裴度領太原全軍兼招討舊職四面壓境觀釁而動若乘虛得便即令同力剪除若戰勝賊窮亦許受降納款如此則鎮州夾攻以分其力招諭以動其心未及誅夷自生變改況光顔久諳戰陣素有威名裴度爲人忠勇果決加以明懸賞罰使其憂責在身事勢驅之自須死戰若比向前摸揣用命百倍相

懸破賊責功無出於此況太原興王之地天下勁兵今既得人足當一面以此計度無如二人

一請抽揀魏博澤潞易定滄州四道兵馬分付光顏事

右伏請詔光顏於前件四道揀選馬步精銳者每軍各取三四千人並令光顏專統一則藉其兵力討襲鎮州二乃每軍抽人不爲不用其餘放去理亦無妨況令守疆亦足展効或聞澤潞魏博兵馬同討淮西之時素諳光顏勤恤將士必樂爲用可望成功今光顏得到下博後即陳許先有八千人昨又發三千人光顏又領鳳翔馬軍一千三百人加以徐泗鄭滑河陽等軍悉皆勁銳堪用況兼魏博等四道所抽兵馬約有三四萬人盡付光顏足以成事其襄陽陝府東都汝州等道兵馬仍委光顏揀擇可否若不堪用不如放還豈唯虛費資糧兼恐撓敗軍陣今既只留東西二帥請各置都監一人諸道兵馬監軍伏

請一時停罷如此則衆齊令一必有成功

一請勒魏博等四道兵馬却守本界事

右伏以朝廷本用田布之意以弘正遇害令報父讎望其感激衆心先立功効今領全師出界供給度支數月巳來都不進討非田布固欲如此抑有其由或聞魏博一軍累經優賞兵驕將富莫肯爲用況其軍一月之費計實錢貳拾柒捌萬貫今天下百計求取不足充其數月衣粮若且依前將何供給則不如使退守本境自供給衣粮省費之閒利害明矣其澤潞易定等雖經接戰勝負略均且昭義全軍收臨城一縣不得則其兵力亦可知矣滄州新經敗挫叔良又乏將謀勢不支任必無可望今請魏博等四道各歸本界嚴守封疆如此則不獨減無用之兵亦可以省有限之費就中魏博尤要退軍虛費貲粮宜可痛惜

一請省行營粮料事

右伏以行營最切者豈不以國用將竭軍費不充更至春夏已來實恐計無所出今若兩道共留六萬其餘退食本道衣粮即每月所費僅減其半一月之用可給兩月唯供六萬所費無多旣易支持自然豐足責其死戰敢不盡心臣以爲當今至切無過於此

一請因朱克融授節後速討王庭湊事

右克融庭湊同惡相濟物情事理斷在不疑今朝廷特赦克融新授節鉞縱終助援必恐遲疑當逗留克融之時是經營庭湊之日遲則心固久則計成三數月間須有次第延引入夏轉難用兵今正是時時不可失以臣等所見謹具如前伏以行營今日事宜眞可謂急危極矣其間變故遠不可知但恐如今救已遲晚若猶可及無出於斯何者苟兵數不抽軍費不減食旣

不足衆何以安不安之中何事不有伏料陛下覽臣此狀必有二疑一者以臣等悉是儒生不諳兵事縱知誠懇的未信行臣亦以此自疑久未敢奏今既事切不敢不言若攻戰機宜非臣所習而軍國利害雖愚亦知況察羣情兼聽衆議與臣此奏所見多同伏望不以臣等儒生輕而不用也二者伏恐行營事勢奏報不眞皆云賊徒計日合破又陛下以制置既久難於改移前事若得其宜即合旋有成績至今既無次第安得不務改圖古人云收之桑榆事猶未晚若因循且過即救療轉難臣又切有過憂敢不盡吐肝肺實恐軍用不濟更須百計誅求日引月加以至困極今天下諸色錢內每貫已抽減三百茶鹽估價有司並已增加水陸關津四方多請率稅不許即用度交闕盡許則人心無憀自古安危皆繫於此伏乞聖慮察而念之不以重難改移忽於大計也臣等又憂深州久圍救兵不至弓高新陷糧

道未通下博諸軍致於窮地光顔兵少欲入無由外即救援不
來內即饑糧罄竭各求生路難向死門無可奈何忽然奔散即
聖心雖悔其可及乎其鑒不遥在貞元中韓全義五樓之敗是
也伏望陛下詳臣此狀思臣此言若以爲然速賜裁斷臣等受
恩日久憂國情深志在懇切言無方便伏望聖鑒俯察愚衷無
任感激悃款之至謹同詣延英門進狀以聞伏聽勑旨謹奏
長慶二年正月五日朝散大夫守中書舍人上柱國臣白
居易狀奏

論姚文秀打殺妻狀 長慶二年五月十一日奏

據刑部及大理寺所斷准律非因鬬爭無事而殺者名爲故
殺今姚文秀有事而殺者則非故殺據大理司直崔元式所執
准律相爭爲鬬相擊爲敺交鬬致死始名鬬殺今阿王被打狼
籍以致於死姚文秀撿驗身上一無損傷則不得名爲相擊阿王

當夜已死又何以名爲相爭既非鬬爭又蓄怨怒即是故殺者
右按律跡去不因爭鬬無事而殺名爲故殺此言事者謂爭鬬
之事非該他事今大理刑部所執以姚文秀怒妻有過即不是無
事既是有事因而毆死則非故殺者此則唯用無事兩字不引
爭鬬上文如此是使天下之人皆得因事殺人殺人了即曰我有
事而殺非故殺也如此可乎且天下之人豈有無事而殺人者足
明事謂爭鬬之事非他事也又凡言鬬毆死者謂事素非憎嫌
偶相爭鬬一毆一擊不意而死如此則非故殺以其本原無殺心
今姚文秀怒妻頗深挾恨既久毆打狼籍當夜便死察其情狀
不是偶然此非故殺孰爲故殺若以先因爭罵不是故殺即如
有謀殺人者先引相罵便是交爭一爭之後以物毆殺了即曰我
因事而殺非故殺也又如此可乎設使因爭理猶不可況阿王
已死無以辨明姚文秀自去相爭有何憑據又大理寺所引劉

士信及駱全儒等毆殺人事承前寺斷不爲故殺恐與姚文秀
事其間情狀不同假如略同何妨誤斷便將作例未足爲憑伏
以獄貴察情法須可久若崔元式所議不用大理寺所執得行
實恐被毆死者自此長寃故殺人者從今得計謹同參酌件錄
如前奉
勑姚文秀殺妻罪在十惡若從宥免是長兇愚其律縱有互
文在理終須果斷宜依白居易狀委所在決重杖一頓處死

白氏文集卷第六十

白氏文集卷第六十一

奏狀四 表附

爲宰相賀赦表　長慶元年正月就南郊撰進

臣某等言伏奉今日制書大赦天下者臣與百執事奉揚宣布與億兆衆蹈舞歡呼自天降和率土同慶臣等誠歡誠抃頓首頓首伏惟皇帝陛下出震御極建元發號大明升而六合曉一氣熏而萬物春肆眚措刑滌瑕蕩穢凡在圓首納於歡心矧又祗祀天地孝享宗廟蠲減租賦策徵賢良褒德及先賞功延嗣敬賓養老念舊睦親生人之積弊盡除有國之頹綱必舉況陛下承二百祀鴻業之重纂十一聖耿光之初始奉嚴禋新開寶曆天下之目專專然觀陛下之動天下之耳顒顒然聽陛下之言斯則陛下出一言不終日必達於朝野舉一事不浹辰必聞於華夷當疲人求安思理之秋是陛下敬始慎微之日苟行一善則可以動人聽而式歌舞況具衆美信足以感人心而致和平康哉可期天下幸甚臣等謬居重位幸屬鴻休懽

竊股肱喜深骨髓歡欣悚躍倍萬常情無任鼓舞慶幸之至

爲宰相請上尊號第二表

臣某等言今月二十四日臣等已陳表章請上尊號愚誠雖懇聖鑒未迴跼地蹐天不勝大願臣等誠惶誠恐頓首頓首臣聞大道者無求於物物尊而不辭至公者非欲其名名生而不讓不讓故與天合德不辭故率土歸心斯所謂應乎天而順乎人者也伏惟皇帝陛下嗣興二德統牧萬方致時俗之和平納生靈於富壽金革已偃銷七十載之厲階王燭方調啓一千年之聖運天人合應書軌混同而鴻名未加盛典猶缺華夷失望史策無光此誠君上之謙然亦臣下之罪也今臣所以上稽天意下酌人情再黷皇明重陳丹懇臣謹按書曰思作睿睿作聖又曰乃聖乃神乃武乃文經曰明王以孝治天下凡此五者歷觀列辟雖甚盛德莫能兼之伏以陛下自即大位及此二年無

巾車汗馬之勞而坐平鎮冀無亡弓遺鏃之費而立定幽燕仁和一薰獷驁盡化可不謂睿文乎削平天下震耀八荒北虜求婚誓以稟命西戎乞盟而納款威靈四及奔走來賓可不謂神武乎陛下以萬乘之尊四海之富供養長樂道光化成推而置之可塞天地可不謂孝德乎故臣等敢冒死稽首上尊號曰睿文神武孝德伏惟陛下略撝謙之小節弘祖宗之大猷惟十一聖在天豈忘繼其志以億兆人爲子寧忍阻其心特迴宸衷俯受徽號在玄功不爲主宰於盛德有所形容煥乎大哉垂裕無極此實天下之幸甚非獨臣之幸也臣等無任誠願懇禱之至

爲宰相讓官表

臣某言伏奉今日制書授臣某官同中書門下平章事者寵擢非次憂惶失圖蹐地跼天不知所措臣某誠兢誠惕頓首頓首臣聞上理陰陽下平法度外撫夷狄內親黎元使百官各修

其職一物不失其所此宰相之任也臣有何功德有何才能越次超倫忽承此命下乖人望上紊朝經致寇速尤無甚於此臣謬因文學忝列班行先朝乏人擢居内職星霜屢改爵秩驟加未逾十年忽登相位名浮於實任過其才豈唯覆餗是憂實累知人之鑒況陛下肇開曆數將致升平輔弼之臣尤宜慎擇臣粗知古今敢言本末樞衡要地初不得人則理化勞心終無成日此所以重陳手跡再瀝血誠乞迴此官別授能者臣若得請便不負恩情見於辭非敢飾讓皇天白日實鑒臣心無任懇款屏營之至謹奉表陳讓以聞

爲宰相賀雨表

臣某言臣聞聖明在上刑政叶中則天地氣和風雨時若常聞其語今見其時臣某等誠懽誠躍頓首頓首臣伏以陰陽氣數盈縮相隨去秋多霖今春少雨宿麥猶茂農功未妨陛下念

物亶愛人先時戒事靡神不舉有感必通故雲出于山月離于畢初灑塵以霢霂漸破塊而霶霈圃囿田疇無不霑足雨之所致臣知其由自上而來雖因天降從中而得實與心期發於若厲之誠散作如膏之澤允在率土孰不懽心臣等位忝鈞衡職乖燮理仰陰陽而增懼顧霖雨而懷慚無任兢惕之至

爲宰相賀殺賊表

臣某等言伏承某道逆賊某乙某月某日巳被某殺戮訖皇靈震耀元孽梟夷率土普天歡呼鼓舞臣等誠喜誠抃頓首頓首臣聞亂臣賊子阻兵干紀者明則有天討幽則有鬼誅遅速之間罔不殲殄伏惟文武孝德皇帝陛下君臨八表子育羣生合天覆地載之德順春生秋殺之令宿寇遺孽闇然銷亡四海九州廓然清晏逆賊某乙一介賤隸兩河叛人苞藏禍心竊弄凶器戕害主帥虔劉善良幕燕鼎魚偷活頃刻顛木之餘

栟痤疽之遺種斧斤欲加而先折鍼石未攻而自潰不有弔伐孰知德威不有妖氛孰知神筭則天下之心有以知順存逆亡其猶影響者也臣伏以某乙既以斬首某乙將何保身若不乞降即應生變輔之或在車則相依皮既不存毛將安附況我乘破竹彼繼覆車止戈之期翹足可待無任喜慶抃躍之至

賀雲生不見日蝕表　爲宰相作

臣某等言臣聞堯湯之逢水旱陰陽定數也宋景之感熒惑天人相應也蓋天地大統不能無災皇王至誠可以銷慝嘗聞此說今偶其時臣等誠欣誠幸頓首頓首自伏見司天臺奏今月一日太陽虧者陛下舉舊章下明詔避正殿降常服禮行於已心禱于天天且不違物寧無應況正陽月朔亭午時中和氣周流密雲布護蒙然暫蔽赫矣復明屏翳朝隮但驚若煙之涌曜靈晝掩不見如月之初所謂誠至於中而感通於上者也

臣等敢不再陳事理重考徵祥三光忌盈必有時蝕萬物莫契
與無災同慶生交感之間喜浹照臨之内雖卿雲五色瑞景再
中除沴致祥曾何足比百辟伏賀萬人仰觀事彰天鑒孔明
道配日新其德臣等幸遭昌運謬荷殊私皆乏濟時之才同
居待罪之地日月薄蝕自慙爕理無功山川出雲實賴聖明有
感感賀忻戴倍萬常情無任抃躍竦踴之至

爲崔相陳情表

臣植言臣有情事久未敢言今輒陳露伏增戰灼臣亡父某官
亡妣某氏是臣本生亡伯某官某贈某官臣今承後建中初德
宗皇帝念臣亡伯位高無後以猶子之義命臣繼紹仍賜臣名
嗣襲雖移孝思則在上荷君命永承繼絶之宗中奪私恩遂
阻劬勞之報歲月曠久情禮莫申自去年已來累有慶澤凡
在朝列再蒙追榮或有陳乞皆許迴授況臣猥當寵擢謬陟

台階爵禄之榮實有踰於同輩顯揚之命獨未及於先人飲泣茹悲哀慟兩極臣今請以在身官秩并前後合叙勳封特乞聖慈迴充追贈儻允所請無幸於斯則臣烏鳥之心猶再生而展養犬馬之力誓萬死以酬恩蹐地仰天不勝感咽披陳誠懇煩黷宸嚴無任惶懼激切之至謹奉表陳露以聞

忠州刺史謝上表

臣某言臣以去年十二月二十日伏奉勑旨授臣忠州刺史以今月二十八日到本州當日上訖殊恩特奬非次昇遷感戴驚惶隕越無地臣誠喜誠懼頓首頓首臣性本疎愚識惟褊狹早蒙採録擢在翰林僅歷五年每知塵忝貢無一事上荅聖明及移秩宮寮卑冗疎賤不能周慎自取悔尤猶蒙聖慈曲賜容貸尚加禄食出佐潯陽一志憂惶四年循省晝夜歛食未嘗敢安負霜枯葵雖思向日委風黄葉敢望霑春豈意

天慈忽加詔命特從佐郡寵授專城喜極魂驚感深泣下方今淮蔡厎定兩河乂寧臣得為昇平之人遭遇已極況居符竹之寄榮幸實多誓當負刺慎身履冰厲節下安凋瘵上副憂勤未死之間期展微効跼身地遠仰首天高蟻螻之誠伏希怜察無任感激懇款彷徨之至謹遣某官某乙奉表陳謝以聞臣某誠惶誠恐頓首頓首謹言 元和十四年三月二十八日

賀平淄青表

臣某言伏見二月二十二日制書逆賊李師道已就梟戮者皇靈有截睿筭無遺妖氛廓清遐迩慶幸臣某誠歡誠喜頓首頓首臣聞乱常干紀天殛神誅李師道苞藏禍心暴露逆節罪盈惡稔衆叛親離未勞師徒自取擒戮伏惟睿聖文武皇帝陛下文經天地武定華夷凡是猖狂無不誅翦兩河清晏四海會同昇平之風實自此始臣名參共理職忝分憂抃舞

歡呼倍萬常品守官有限不獲稱慶闕庭無任慶快踊躍之至謹具奏聞謹奏 元和十四年四月九日

賀上尊號後大赦天下表

臣某言伏奉七月十三日制書大赦天下跪捧宣布蹈舞歡呼自天降休率土同慶謝中臣聞玄功盛德非鴻名不能形容物厲人疵非皇澤不能滌蕩自非上聖莫能兼之伏惟元和聖文神武法天應道皇帝陛下纂承大業子育羣生信及豚魚威殲梟鏡削平寰海混一車書億兆一心願崇大号從人欲而俯膺盛礼賜時和而廣洽皇恩蠲減賦租收拔淹滯命黜陟而别能否開諫議而策賢良窮弊必除舊章咸舉帝王能事盡集於今凡在生靈孰不幸甚臣謬當委擢職在頒條抃躍之誠倍万常品限以守官不獲稱慶闕庭無任慶抃之至

杭州刺史謝上表

臣某言去七月十四日蒙恩除授杭州刺史屬汴路未通取襄漢路赴任水陸七千餘里晝夜奔馳今月一日到本州當日上任訖上分憂寄内省庸虛仰天戴恩踊地失次臣某中謝臣謬因文學忝厠班行自先朝黜官已來六年放棄逢陛下嗣位之後數月徵還生歸帝京寵在郎署不踰年擢知制誥未周歳正授舍人出泥登霄從骨生肉唯有一死擬將報恩旋屬方隅不寧朝廷多事當陛下旰食宵衣之日是微臣輸肝寫膽之時雖進獻愚衷或期有補而退思事理多不合宜臣猶自知況在天鑒忝非土木如履冰泉合當鼎鑊之誅尚忝藩宣之寄才小官重恩深責輕欲荅生成未知死所唯當夙興夕惕焦思苦心恭守詔條勤卹人庶下蘇凋瘵上副憂勤萬分之恩莫酬一二仰天舉首望闕馳心葵藿之志徒傾螻蟻之誠難達無任感恩激切之至謹奉表稱謝以聞 長慶二年

爲宰相謝恩賜酒脯餅果等狀

右中使某奉宣聖旨賜臣等前件物等俯僂受賜竦躍荷恩天酒来以分甘御羞降而示惠臣等省躬知感因物言情寵過加籩懼多尸素之責榮同置醴慙無麴蘖之功徒瀝丹誠豈酬玄造

爲宰相謝恩賜吐蕃信物銀器錦綵等狀

右臣等材愧庸虚職叨輔弼遇天下削平之日當西戎即敘之時遂使殊方致茲遠物此皆率由玄化感慕皇風人臣既絶外交問遺敢言己有今蒙重賜益荷聖慈況來自外夷知德廣之所及降從中旨仰恩深而不勝感戴慙惶倍萬常品

爲段相謝恩賜設及酒脯等狀

伏蒙聖慈特加寵錫珍羞出於内府旨酒降於上尊捧戴歡榮不知所措臣久叨台鼎新忝節旄勤勞無展於股肱醉飽有慙於口腹

爲段相謝借飛龍馬狀

伏以出從內廄行及中途假飛龍之駿駒代跛鼈之蹇步執鞭拜命借馬喻身取其戀主之心以表爲臣之節恩深易感情懇難陳

爲段相謝手詔及金刀狀

詔賜累加慙惶交集寵來天上感動人間且金蘊其堅奉之而永貞王度刀宣其利操之而遠耀天威豈唯佩作身榮實可藏爲家寶況臣望闕漸遠受恩轉多比堅而報國有時効死而殺身無地

爲宰相謝官表　爲微之作

臣某言伏奉今月日制書授臣守本官同中書門下平章事者殊常之命非望之恩出自宸衷加於凡陋竦駭震越不知所爲謝臣伏准近例宰相上後合獻表陳謝臣今所獻與衆不同

伏惟聖慈特賜留聽臣伏聞玄宗即位之初命姚元崇爲宰相
元崇欲救時弊獻事十條未得請間不立相位玄宗明聖盡許
行之遂致太平實由於此陛下視今日天下何如開元天下微
臣自知才用亦遠不及元崇若又僶俛安懷因循保位不惟
恩德是負實亦軍國可憂臣欲候坐對時便陳當今切事下
救時弊上酬君恩臣之誓心爲日久矣陛下許行則進不許則
退進退之分斷之不疑敢於事前先此陳啓況臣才本庸淺遭
遇盛明天心自知不因人進擢居禁署訪以密謀恩獎太深讒
謗並至雖内省行事無所愧心然上黷宸聽合當死責豈意
憐察曲賜安全螻蟻之生得自茲日今越流輩授以台衡拔於
萬死之中致在九霄之上捫心撫己審分量恩陛下猶不以衆
人之心待臣臣豈敢以衆人之心事上皇天白日實鑒臣心得
獻前言雖死無恨無任感恩懇款之至

白氏文集卷第六十二

策林一 凡二十二道

策林序

元和初予罷校書郎與元微之將應制舉退居於上都華陽觀閉戶累月揣磨當代之事犯御名成策目七十五門及微之首登科予次焉凡所應對者百不用其一二其餘自以精力所致不能棄捐次而集之分爲四卷命曰策林云耳

一策頭 二道　二策項 二道　三策尾 三道

四美謙讓　五塞人望歸衆心　六政必成化必至

七不勞而理　八風化澆朴　九致和平復雍熙

十王澤流人心感　十一黄老術　十二化速成

十三號令　十四辨興亡之由　十五忠敬質文損益

十六議祥瑞　十七興五福銷六極　十八辨水旱之災

一策頭 二道

臣伏見漢成帝以朱雲庭辱張禹令持下殿雲攀檻檻折成帝容之後嘗理檻帝命勿易以旌直臣臣每覽漢史至此未嘗不三復而嘆息也豈不以臣不愛死雖鄰於死而必諫乎君能納諫雖折其檻而必容乎不然何雲之竭忠也如此而帝之見容也又如此伏惟陛下以至誠化萬國以至明臨兆人故數年之間仍降詔旨四海之内累徵賢良思酌下言樂聞上失諭以旁求之意詢以無隱之辭是則陛下納諫之旨遠出於漢朝微臣獻言之罪不虞於折檻矣況清問之下條對之中苟言有可觀策有可取陛下必光揚其名氏優崇其爵秩與夫勿易折檻以旌直臣之意又相萬也賤臣得不有犯無隱以副陛下納諫之旨乎殫思極慮以盡微臣獻言之道乎唯以直辭昧死上對

臣生也幸沐聖朝垂覆育之恵當陛下無忌諱之日斯則朝聞夕死足矣而況於充賦王庭者乎伏念庸虚謬膺詔選誠不足以明辨體用對揚德音欲率爾而言適足重小臣狂簡之過若默然而退又何以副陛下虚求之心是以竊玉旒讀金策戁惶僶俛不知所裁者久矣然以愚慮之中千或一得而往古之成敗耳或妄有所聞當今之得失目或妄有所見進不敢希言退不敢隱情唯以直言昧死上對

二策項 二道

臣聞人無常心習以成性國無常俗教則移風故億兆之所趨在一人之所執是以恭默清淨之政立則復朴保和貴德賤財之令行則上讓下競恕己及物之誠著則蒼生可致於至理養老敬長之教洽則皇化可升於太寧由是言之蓋人之在教若泥金之在陶冶器之良窳由乎匠之巧拙化之善否繫乎

君之作爲伏惟陛下愼而思之勤而行之則太平之風大同之俗可從容而馴致矣

臣聞教無常興亦無常廢人無常理亦無常亂蓋興廢理亂在君上所教而已故君之作爲爲教興廢之本君之舉措爲人理亂之源若一出善言則天下之人獲其福一違善道則天下之人罹其殃若一肆其心而事有以階於亂一念於德而邦有以漸於興交應之間實猶影響今陛下以懋建皇極爲先則大化不得不流矣以欽若前訓爲本則大樸不得不復矣以緝熙庶績爲念則五刑不得不措矣以祗奉宗廟爲心則五教不得不敷矣而尚有未流未措未復未敷之問（自懋建已下皆疊策問中事）此乃陛下勞謙之德太過故不自見其益也求理之心太速故不自見其功也臣何足以知之然臣聞有始有卒者其惟聖人乎此言王者行道非始之難終之實難也陛下又能終之則

太平之風大同之俗如指掌耳豈止化流樸復刑措教敷
而已哉

三策尾 三道

臣鄙人也生仁壽之代沐文明之化始以進士舉及第又以拔萃選授官臣之名既獲貳成君之禄已受一命雖天地不求仁於蒭狗而畎澮思委潤於滄溟惓惓之誠蓄之久矣幸遇陛下發旁求之詔垂下濟之恩詳延謨猷親覽條對逢不諱之日雖許極言當無過之朝不知所述無裨清問有負皇明仰冒宸嚴伏待罪戾謹對

臣幸逢昭代得列明庭慙無嘉言以充清問輒罄狂瞽惟陛下擇之謹對

臣生聖代三十有五年蒙陛下子育之恩覩陛下升平之化謬膺詔選充賦天庭安足親承德音條對清問逢旁求之日雖

許直言當已理之朝將何極諫塵黷聖鑒俯伏待罪謹對

四美謙讓　惣策問中事連賛美之

臣聞王者之有天下也自謂之理非理也自謂之亂非亂也自謂之安非安也自謂之危非危也何者蓋自謂理且安者則自驕自滿雖安必危自謂亂且危者則自戒自強雖亂必理理之又理安之又安則盛德大業斯不遠矣伏惟陛下嗣建皇極司牧蒼生夙興以憂人夕惕而修己以今日之理陛下視朝廷未以爲理以今日之安陛下視海內未以爲安而又思酌下言樂聞上失弊無不革利無不興今則嚴禋郊廟猶謂敬之不至愛養黎庶猶謂惠之不弘省罷進獻猶憂人之困窮蠲免逋租猶慮農之勤匱搜揚俊乂猶畏賢之遺逸滌蕩罪戾猶念獄之非辜底定兵戈猶懼其未戢懷柔夷狄猶恐其未賓大化參乎陰陽猶慚之以寡德重光並乎日月猶讓

之以不明斯乃陛下勞謙之心合天運之不息也勤卹之德合地道之無疆也如臣者何所知焉何所述焉伏以聖聰貴聞庶議苟有愚見敢不極諫

五塞人望歸衆心　在愼言動之初

夫欲使人望塞衆心歸者無他焉在陛下愼初之所致耳臣聞天子動則左史書之言則右史書之言動不書非盛德也書而不法後嗣何觀焉若王者言中倫動中度則千里之外應之百代之後歌之況其邇者乎若言非宜動非禮則千里之外違之百代之後笑之況其邇者乎是以古之天子亡不敢戲言身不敢妄動動必三省言必再思況陛下初嗣祖宗新臨兆庶臣伏見天下之目專專然以觀陛下之動也天下之耳顒顒然以聽陛下之言也則陛下出一言不終日而達於朝野動一事不浹辰而聞於華夷蓋是非之聲無翼而飛矣損益之名無脛

而走矣陛下得不慎之哉伏惟覲於斯察於斯使一言一動無所茍而已矣言動不茍則天下之望塞焉天下之心歸焉

六教必成化必至　在謹其終

問先王之教布在方策事雖易舉政則難成豈文之空垂將行之未至思臻其極佇質所疑夫欲使政必成化必至者無他焉在陛下謹始慎終之所致耳臣聞先王之訓不徒言也先王之教不虛行也淺行之則小理深行之則大和淺深小大之應其猶影響矣然則天下至廣王化至大增減損益難見其形是以政之損者雖不見其日損必有時而亂也教之益者雖不見其日益必有時而理也陛下但推其誠勤其政慎其始謹其終日用而不知自臻其極此先王終日所務者也終日所行者也不可月會其教化之深淺歲計其風俗之厚薄焉臣又聞易曰聖人久於其道而天下化成詩曰靡不有初鮮克有終此

言王者之教待久而成也王者之化待終而至也陛下誠能久而終之則何慮政不成而化不至乎

七不勞而理 在順人心立教

問方今勤卹憂勞夙夜不怠而政教猶鈌懲勸未行何則上古之君無爲而理令不嚴而肅教不勞而成何施何爲得至於此臣請以三五之道言之臣聞三皇之爲君也無常心以天下心爲心五帝之爲君也無常欲以百姓欲爲欲順其心以出令則不嚴而理因其欲以設教則不勞而成故風號無文而人從刑賞不施而人服三五所以無爲而天下化者由此道也後代反是故不及者遠焉臣請以三代已後之事言之臣聞後代之天下三五之天下也後代之人三五之人也後代之位三五之位也居其位得其人有其天下而不及三五者何哉臣竊觽怪之然亦粗知其由矣豈不以己心爲心抑天下以奉一人

之心也以己欲爲欲咈百姓以從一人之欲也苟或心與道未合政與欲並行得失交爭利害相半如此則雖宵衣旰食勞體勵精纔可以致小康不足以弘大道故出令而吏或犯設教而人敢違刑雖明而寡懲賞雖厚而鮮勸此由捨人而從欲是以勤多而功少也伏惟陛下去彼取此執古御今以三五之心爲心則政教何憂乎不洽以億兆之欲爲欲則懲勸何畏乎不行政教洽則不勞憂而四海寧懲勸行則不勤勞而萬人化此由捨己而從衆是以事半而功倍也臣又聞太宗文皇帝嘗曰朕雖不及古然以百姓心爲心臣以爲致貞觀之理者由斯一言始矣伏願陛下從而鑑之嗣而行之則天下幸甚天下幸甚

八風行澆朴（由教不由時）

問甿俗之理亂風化之盛衰何乃得於往而失於來薄於今而

厚於古或曰興替之道執在君臣又云澆朴之風繫於時代二說相反其誰可從臣聞代之澆醨人之朴略由上而不由下在教而不在時蓋政之臧否定於中則俗之厚薄應於外也何以驗覈伏請以周秦以降之事言之臣聞周德寖衰君臣凌替蠶食瓜割分為戰國秦氏得之以暴易亂曾未旋踵同歸覆亡炎漢勃興奄有四海僅能除害未暇化人迨于文帝景帝始思理道躬行慈儉人用富安禮讓自興刑罰不試升平之美鄰於成康載在漢書陛下熟聞之矣降及魏晉迄于梁隋喪亂弘多殆不足數我高祖始建區夏未遑緝熙迨于太宗玄宗抱聖神文武之姿用房杜姚宋之佐謀猷啓沃無怠於心德澤施行不遺於物所以刑措而百姓欣戴兵偃而萬方悅隨近無不安遠無不伏雖成康文景無以尚之載在國史陛下熟知之矣然則周秦之亂極矣及文景繼出而昌運隨焉梁隋

之弊甚矣及二宗嗣興而王道融焉若謂天地生成之德漸衰家國君臣之道漸喪則當日甚一日代甚一代不應衰而復盛澆而復和必不爾者何乃清平朴素之風薄於周秦之交而厚於文景之代耶順成和動之俗喪於梁隋之際而獨興於貞觀開元之年耶由斯言之不在時矣故魏徵有云若言人漸澆訛不反質樸至今應爲鬼魅寧可復得而教化耶斯言至矣故太宗嘉之又按禮記曰教者人之寒暑也事者人之風雨也此言萬民之從王化如百穀之委歲功也若寒暑以時則禾黍登而菽麥熟若風雨不節即稂莠植而秕稗生故教化優深則廉讓興而仁義作刑政偷薄則訛僞起而姦宄臻雖百穀在地成之者天也雖萬人在下化之者上也必欲以涼德弊政嚴令繁刑而求仁義行姦宄息亦猶飄風暴雨愆陽伏陰而望禾黍豐稂莠死其不可也亦甚明矣故曰堯舜率天下以義比屋

可封桀紂率天下以暴比屋可戮斯則由上在教之明驗也伏惟聖心無疑焉

九致和平復雍熙　在念今而思古也

問今欲感人心於和平致王化於樸厚何思何念得至於斯臣聞政不念今則人心不能交感道不思古則王化不能流行將欲感人心於和平則在乎念今而已伏惟陛下知人安之至難也則念去煩擾之吏愛人命之至重也則念黜苛酷之官恤人力之易罷也則念省修葺之勞憂人財之易匱也則念減服御之費懼人之有餒也則念薄麥禾之稅畏人之有寒也則念輕布帛之征慮人之有愁苦也則念損嬪嬙之數故念之又念之則人心交感矣感之又感之則天下和平矣將欲致王化於雍熙則在乎思古而已伏惟陛下仰羲軒之道也則思興利而除害俾唐虞之聖也則思明目而達聰師夏禹之德也則思泣

辜而恤人法殷湯之仁也則思祝網而愛物鑒漢之盛也則思罷露臺而海内流化觀周之興也則思葬枯骨而天下歸心弘貞觀之理也則思聞房杜之讜議以致升平嗣開元之政也則思得姚宋之嘉謀而臻富壽故思之又思之則王澤流行矣行之又行之則天下雍熙矣

十王澤流人心感　在恕己及物

夫欲使王澤旁流人心大感則在陛下恕己及物而已夫恕己及物者無他以心度心以身觀身推其此爲以及天下者也故己欲安則念人之重擾也己欲壽則念人之嘉生也己欲逸則念人之憚勞也己欲富則念人之惡貧也己欲溫飽則念人之凍餒也己欲聲色則念人之怨曠也陛下念其重擾則煩暴之吏退矣念其嘉生則苛虐之官黜矣念其憚勞則土木之役輕矣念其惡貧則服御之費損矣念其凍餒則布帛麥禾

之稅輕矣念其怨曠則妓樂嬪嬙之數省矣推而廣之念一知十蓋聖人之道也始則恕己以及人終則念人而及己故恕之又恕之則王澤不得不流矣念之又念之則人心不得不感矣澤流心感而天下不太平者未之聞也

十一黃老術 在尚寬簡務清淨則人儉朴俗和平

夫欲使人情儉朴時俗清和莫先於體黃老之道也其道在乎尚寬簡務儉素不眩聰察不役智能而已蓋善用之者雖一邑一郡一國至于天下皆可以致清淨之理焉昔宓賤得之故不下堂而單父之人化汲黯得之故不出閤而東海之政成曹參得之故獄市勿擾齊國大和漢文得之故刑罰不用而天下大理其故無他清淨之所致耳故老子曰我無爲而人自化我好靜而人自正我無事而人自富我無欲而人自樸此四者皆黃老之要道也陛下誠能體而行之則人儉朴而俗清和矣

十二政化速成 由不變禮不易俗

夫欲使政化速成則在乎去煩擾弘簡易而已臣請以齊魯之事明之臣聞伯禽之理魯也變其禮革其俗三年而政成太公之理齊也簡其禮從其俗五月而政成故周公歎曰夫平易近人人必歸之魯後代其北面事齊矣此則煩簡遲速之効明矣伏惟陛下鑒之

十三號令 令一則行推誠則化

問號令者所以齊其俗一其心故聖人專之慎之然則號令既出而俗猶未齊者其故安在令既行而心猶未一者其失安歸欲使下令如風行出言如響應導之而人知勸防之而人不踰將致於斯豈無其要臣聞王者發施號令所以齊其俗一其心俗齊則和心一則固人於是乎可任使也傳曰人心不同如其面焉故一人一心萬人萬心若不以令一之則人人之心各

異矣於是積異以生疑積疑以生惑除亂莫先乎令者也故聖王重之然則令者出於一人加於百辟被于萬姓漸于四夷如風行如雨施有往而無返也其在周易渙汗之義言號令如汗渙然一出而不可復也故聖王慎之然則令既出而俗猶未齊者由令不一也非獨朝出夕改晨行暮止也葢謹於始慢於終則不一也張於近弛於遠則不一也急於賤寬於貴則不一也行於疎廢於親則不一也且人之心猶不可以不一而理況君之令其可二三而行者乎然則令既一而天下之心猶未悅隨者由上之不能行於己推於誠者也凡下之從上也不從口之言從上之所好也不從力之制從上之所爲也葢行諸己也誠則化諸人也深若不推之於誠雖三令五申而令不明矣苟不行之於己雖家至日見而人不信矣聖王知其如此故以禮自修以法自理慎其所好重其所爲有諸己者而後求

諸人責於下者必先禁於上是以推之而往引之而來道之斯行禁之斯止使天下之心顒顒然唯望其令聽其言而已故言出則千里之外應如響令下則四海之內行如風故曰禁勝於身則令行於人者矣又曰下令如流水發源蓋是謂也如此則何慮乎海內之令不如身之使臂臂之使指者哉

十四辨興亡之由 由善惡之積

問萬姓親怨之由百王興亡之漸將獨繫於人乎抑亦繫於君乎

臣觀前代邦之興由得人也邦之亡由失人也得其人失其人非一朝一夕之故其所由來者漸矣天地不能頓為寒暑必漸於春秋人君不能頓為興亡必漸於善惡善惡不積不能勃焉而興惡不積不能忽焉而亡善與惡始繫於君也興與亡終繫於人也何則君苟有善人必知之知之又知之其心歸之

歸之又歸之則載舟之水由是積焉君茍有惡人亦知之知之又知之其心去之去之又去之則覆舟之水由是作焉故曰至高而危者君也至愚而不可欺者人也聖王知其然故則天上不息之道以修己法地下不動之德以安人修己者愼於中也慄然如履春冰安人者敬其下也懍乎若馭朽索猶懼其未也加以樂人之樂人亦樂其樂憂人之憂人亦憂其憂樂同於人敬愼著於己如是而不興者反是而不亡者自生人已來未之有也臣愚以爲百王興亡之漸在於此也

十五忠敬質文損益

問忠敬質文百代循環之敎也五帝何爲而不用三王何故而相承將時有同異耶道有優劣耶又三代之際損益不同所祖三才其義安在豈除舊布新務於相反相異乎復扶衰救弊其道不得不然乎又國家祖述五帝憲章三代質文忠敬

大備于今而尚人鮮朴而忠俗多利而巧欲救斯弊其道
如何
臣聞步驟殊時質文異制五帝以道化三王以禮教道者
無爲無爲故無失無失故無革是以唐虞相承無所改易
也禮者有作有作則有弊有弊則有救故殷周相代有所損
益也損益之教本乎三才夏之教尚忠忠本於人人道以善教
人忠之至也故曰忠者人之教也忠之弊其民野救野莫若
敬故殷之教尚敬敬本於地地道謙卑天之所生地敬養之
故曰敬者地之教也敬之弊其人詭救詭莫若文故周之教尚
文文本於天天道垂文而人則之故曰文者天之教也文之弊
其人僿救僿莫若忠然則三王之所祖不同者非欲自異
而相反也蓋扶衰救弊各隨其運也運苟有異教亦不同雖
忠與敬各繫於時而質與文俱致於理標其教則殊制臻其

極則同歸亦猶水火之相形同根於宜化共濟於人用也寒暑之相代同本於元氣共成於歲功也三王之道亦如是焉我國家欽若五帝憲章三代典謩不易之道祖述而大用忠敬迭救之教具舉而兼行可謂文質協和禮樂明備之代也然臣聞孔子曰殷因於夏禮周因於殷禮損益始終若循環然其繼周者百代可知也臣觀周之弊也爵賞黷刑罰窮而秦反用刑名祚因中絶及漢雜以霸道德又下衰迨于魏晉以還未有繼而救者是以周之文弊今有遺風故人鮮朴而忠俗猶利而巧伏願陛下以繼周爲已任以行夏之爲時宜稍益質而損文漸尚忠而救僿斟酌於教經緯其人使瞻前而道繼三王顧後而光垂萬葉則盡善之道大同之風不專於上古矣

十六議祥瑞 辨妖灾

問國家將興必有禎祥國家將亡必有妖孼斯豈國之興滅

繫於天地之災祥歟將物之妖瑞生於時政之昏明歟又天地有常道災祥有常應此必然之理也何則桑（犯御嫌名）之妖反為福於太戊大鳥之慶竟成禍於帝辛豈吉凶或僭在人將休咎不常其道儆戒之徵安在改悔之効何明又祥必偶聖妖必應昏何則明時不能為無災亂代或聞其有瑞報施之道何繆濫哉臣聞國家將興必有禎祥國家將亡必有妖孽者非孽生而後邦喪非祥出而後國興蓋瑞不虛呈必應聖哲妖不自作必候淫昏則昏聖為祥孽之根妖瑞為興亡之兆矣文子曰陰陽陶冶萬物皆乘人氣而生然則道之休明德動乾坤而感者謂之瑞政之昏亂腥聞上下而應者謂之妖瑞為福先妖為禍始將興將廢實先啟焉然有人君德未及於休明政不至於昏亂而天文有異地物不常則為瑞為妖未可知也或者天示儆戒之意以寤君心俾乎君修改

悔之誠以荅天鑒如此則轉亂爲治變災爲祥自古有之可得而考也臣聞高宗不聰飛雉犯御嫌名于鼎宋景有罰熒惑守於心及乎懋懿德以修身出善言而罪己則昇耳之異自殄退舍之慶自臻天人相感可謂明矣速矣且高宗三代之賢主也有一德之違亦謫見于物宋景列國之常主也有一言之感亦冥應乎天則知上之鑒下雖賢主也苟有過而必知下之感上雖常主也苟有誠而必應故王者不懼妖之不滅而懼過之不悛不懼瑞之不臻而懼誠之不至足明休徵在德吉凶由人矣失君道者祥反成妖悟天鑒者災亦爲瑞必然而已矣抑臣又聞王者之大瑞在乎天地泰陰陽和風雨時寒暑節百穀熟萬人安賦役輕服用儉兵革偃刑罰措賢者出不肖者退聲敎日被謳歌日興此之謂休徵此之謂嘉瑞也王者之大妖在乎兩儀不泰四氣不和風雷不時水旱不節五穀不稔

百膡不藏徭役煩征賦重干戈動刑獄作君子隱小人見政令日鈌怨讟日興此之謂咎徵此之謂妖孽也至若一星一辰之瑞一雲一露之祥一鳥一獸之妖一草一木之怪或偶生於氣象或偶得於陶鈞信非休咎之徵與亡之兆也何則隱見出處亦不于常明聖之朝不能無小災小沴衰亂之代亦或有小瑞小祥固未足質帝王之疑明天地之意耳王者但外思其政内省其身自謂德之不修誠之不著雖有區區之瑞不足嘉也自謂政之能立道之能行雖有璅璅之妖不足懼也臣竊謂妖祥廢興之由實在於此故雖辭費不敢不備而言之

十七與五福銷六極

問昔周著九疇之書漢述五行之志皆所以精究天人之際窮探政化之源然則五福之祥何從而作六極之沴何感而生將欲辨行可明本末又令人財耗費既貧且憂時沴流行或疾

而天恩欲銷六極致五福敺一代於富壽納萬人於康寧何所施爲可致於此臣聞聖人興五福銷六極者在乎立大中致大和也至哉中和之爲德不動而感不勞而化以之守則仁以之用則神卷之可以理一身舒之可以濟萬物然則和者生於中也中者生於不偏也不邪也不過也不及也若人君内非中勿思外非中勿動動靜進退皆得其中故君得其中則人得其所人得其所則和樂生焉是以君人之心和則天地之氣和天地之氣和則萬物之生和於是乎三和之氣訢合絪緼積爲壽蓄爲富舒爲康寧敷爲攸好德益爲考終命其羡者則融爲甘露凝爲慶雲垂爲德星散爲景風流爲醴泉六氣叶乎時七曜順乎軌迨于巢穴羽毛之物皆煦嫗而自蕃草木鱗介之祥皆叢萃而繼出夫然者中和之致也若人君内非中是思外非中是動動靜進退不得其中故君不得其中

則人不得其所人不得其所則怨歎興焉是以君人之心不和
則天地之氣不和天地之氣不和則萬物之生不和於是乎三
不和之氣交錯堙鬱伐爲凶短折攻爲疾聚爲憂損爲貧
結爲惡耗爲弱其羨沴者潛爲伏陰淫爲愆陽守爲彗星發
爲暴風降爲苦雨四序失其節三辰亂其行迫于禨祥卵胎
之生皆夭閼而不遂木石華蟲之怪皆糅雜而畢呈夫然者
不中不和之氣所致也則天人交感之際五福六極之來豈不
昭昭然哉臣伏見比者兵賦未減人鮮無憂時沴所加衆或
有疾德宗皇帝病人之病憂人之憂於是救之以廣利之方
悦之以中和之樂將使易憂爲樂變病爲和惠化之恩莫斯
甚也然臣竊聞善除害者察其本善理疾者絕其源伏惟
陛下欲紓人之憂先念憂之所自欲救人之病先思病之所
自以絕之則人憂自弭也知所由以去之則人病自瘳也然

後中之以救療之術則人易康寧鼓之以安樂之音則人易和悅斯必應疾而化速利倍而功兼六極待此而銷五福待此而作如是可以陶三才繆濫之氣發為休祥毆一代鄙夭之人臻乎仁壽中和之化夫何遠哉

十八辨水旱之災 明存救之術

問狂常雨若僭常暘若此言政教失道必感於天也又堯之水九年湯之旱七年此言陰陽定數不由於人也若必繫於政則盈虛之數徒言如不由於人則精誠之禱安用二義相戾其誰可從又問陰陽不測水旱無常將欲均歲功於豐凶救人命於凍餒凶歉之歲何方可以足其食災危之日何計可以固其心將備不虞必有其要歷代之術可明徵焉臣聞水旱之災有小有大大者由運小者由人由人者由君上之失道其災可得而移也由運者由陰陽之定數其災不可得而遷

也然則小大本末臣粗知之其小者或兵戈不戢軍旅有強
暴者或誅罰不中刑獄有冤濫者或小人入用讒佞有得
志者或君子失位忠良有放棄者或男女臣妾有怨曠者
或鰥寡孤獨有困死者或賦斂之法無度焉或土木之功不
時焉於是乎憂傷之氣憤怨之誠積以傷和變而為沴古
之君人者逢一災偶一異則收視反聽察其所由且思乎軍鎮
之中無乃有縱暴者耶刑獄之中無乃有冤濫者耶權寵之
中無乃有不肖者耶放棄之中無乃有忠賢者耶內外臣妾
無乃有幽怨者耶天之窮人無乃有困死者耶賦入之法無乃
有過厚者耶土木之功無乃有屢興者耶若有一於此則是政
令之失而天地之譴也又洪範曰狂常雨若僭常暘若言不
信不乂亦水旱應之然則人君苟能改過塞違率德修政
勵敬天之志虔罪己之心則雖踰月之霖經時之旱至誠所

感不能爲災何則古人或牧一州或宰一縣有暴身致雨者有救火反風者有飛蝗去境者郡邑之長猶能感通況王者爲萬乘之尊居兆人之上悔過可以動天地遷善可以感神明天地神明尚且不違而況於水旱風雨蟲蝗者乎此臣所謂由人可移之災也其大者則唐堯九載之水殷湯七年之旱是也夫以堯之大聖湯之至仁于時德儉人和刑清兵偃上無狂僭之政下無怨嗟之聲而卒有浩浩滔天之災炎炎爛石之沴非君上之失道蓋陰陽之定數矣此臣所謂由運不可遷之災也然則聖人不能遷災能禦災也不能違時能輔時也將在乎廩積有常仁惠有素備之以儲蓄雖凶荒而人無菜色固之以恩信雖患難而人無離心儲蓄者聚於豐年散於歉歲恩信者行於安日用於危時夫如是則雖陰陽之數不可遷而水旱之災不能害故曰人強勝天蓋是謂矣斯

亦圖之在早備之在先所謂思危於安防勞於逸若患至而方備災成而後畜則雖聖人不能救矣抑臣又聞古者聖王在上而下不凍餒者何哉非家至日見衣之食之蓋能均節其衣食之原也夫天之道無常故歲有豐必有凶地之利有限故物有盈必有縮聖王知其必然於是作錢刀布帛之貨以時交易之以時斂散之所以持豐濟凶用盈補縮則衣食之費穀帛之生調而均之不啻足矣蓋管氏之輕重李悝之平糴耿壽昌之常平者可謂不涸之食不竭之府也故豐稔之歲則貴糴而以利農人凶歉之年則賤糶以活餓殍若水旱作沴則資爲九年之蓄若甲兵或動則餽爲三軍之粮上以均天時之豐凶下以權地財之盈縮則雖九年之水七年之旱不能害其人危其國矣至若禳禱之術凶荒之政歷代之法臣粗聞之則有雩天地以牲牢禜山川以圭璧祈土龍於玄寺

舞羣巫於靈壇徙市修城貶食徹樂緩刑省禮務嗇勸分殺哀多婚弛力舍禁此皆從人之望隨時之宜勤恤下之心表恭天之罰但可以濟小災小弊未足以救大危大荒必欲保邦邑於危安人心於困則在乎儲蓄充其腹恩信結其心而已蓋羲農唐虞禹湯文武皆由此塗而王也

白氏文集卷第六十二

白氏文集卷第六十三

策林二　凡十七首

二十六養動植之物　二十七請以族類求賢
二十八尊賢　二十九請行賞罰以勸舉賢
三十審官　三十一大官乏人
三十二議庶官遷次遲速　三十三革吏部之弊
三十四牧宰考課　三十五使百職脩皇綱振

十九息游墮　勸農桑議賦稅復租庸罷緡錢用穀帛

問一夫不田天下有受其餒者一婦不蠶天下有受其寒者斯則人之性命繫焉國之貧富屬焉方今人多游心地有遺力守本業者浮而不固逐末作者蕩而忘歸夫然豈懲戒游墮之法失其道耶將敦勸農桑之教不得其本耶

臣伏見今之人捨本業趨末作者非惡本而愛末蓋去無利而就有利也夫人之蚩蚩趨利者甚矣苟利之所在雖水火蹈焉雖白刃冒焉故農桑苟有利也雖日禁之人亦歸矣

而況於勸之乎游惰苟無利也雖日勸之亦不爲矣而況於禁之乎當今游惰者逸而利農桑者勞而傷所以傷者由天下錢刀重而穀帛輕也所以輕者由賦斂失其本也夫賦斂之本者量桑地以出租計夫家以出庸租庸者穀帛而已今則穀帛之外又責之以錢錢者桑地不生銅私家不敢鑄業於農者何從得之至乃吏胥追徵官限迫蹙則易其所有以赴公程當豐歲則賤糶半價不足以充緡錢遇凶年則息利倍稱不足以償逋債豐凶既若此爲農者何所望焉是以商賈大族乘時射利者日以富豪田壟罷人望歲勤力者日以貧困勞逸既懸利病相誘則農夫之心盡思釋耒而倚市織婦之手皆欲投杼而刺文至使田卒汙萊室如懸磬人力罕施而地利多鬱天時虛運而歲功不成臣常反覆思之實由穀帛輕而錢刀重也夫糶甚貴錢甚輕則傷人糶甚

賤錢甚重則傷農農傷則生業不專人傷則財用不足故
王者平均其貴賤調節其重輕使百貨通流四人交利然後
上無乏用而下亦阜安方今天下之錢日以減耗或積於國府
或滯於私家若復日月徵求歲時輸納臣恐穀帛之價轉
賤農桑之業轉傷十年已後其弊或甚於今日矣非所謂
平均調節之道也今若量夫家之桑地計穀帛爲租庸以石
斗登降爲差以匹夫多少爲等但書估價並免稅錢則任土
之利載興易貨之弊自革弊革則務本者致力利興則趨
末者迴心游手於道途市肆者可易業於西成託跡於軍
籍釋流者可返躬於東作欲其浮墯其可得乎加以陛下
念稼穡之艱難則薄斂而人足食矣念紡績之勤苦則省用
而人豐財矣念異貨之敗度則寡欲而人著誠矣念奇器之
蕩心則正德而人歸厚矣其興利除害也如彼又修己化人也

如此是必應之如響荅順之如風行斯所謂下令於流水之源繫人於包桑之本者矣欲其浮惰其可得乎

二十平百貨之價 陳斂散之法請禁銷錢爲器

問今田疇不加闢而菽粟之估日輕桑麻不加植而布帛之價日賤是以射時利者賤收而日富勤力穡者輕用而日貧夫然豈殖貨斂散之節失其宜耶將泉布輕重之權不得其要也

臣聞穀帛者生於農也器用者化於工也財物者通於商也錢刀者操於君也君操其一以節其三三者和鈞非錢不可也夫錢刀重則穀帛輕穀帛輕則農桑困故散錢以斂之則下無棄穀遺帛矣穀帛貴則財物賤財物賤則工商勞故散穀以收之則下無廢財棄物也斂散得其節輕重便於時則百貨之價自平四人之利咸遂雖有聖智未有易此而能

理者也方今關輔之間仍歲大稔此誠國家散錢斂穀防儉備凶之時也時不可失伏惟陛下惜之臣又見今人之弊者由銅利貴於錢刀也何者夫官家採銅鑄錢成一錢破數錢之費也私家銷錢爲器破一錢成數錢之利也鑄者有程銷者無限雖官家之歲鑄豈能勝私家之日銷乎此所以天下之錢日減而日重矣今國家行挾銅之律執鑄器之禁使器無用銅銅無利也則錢不復銷矣此實當今權節重輕之要也

二十一人之困窮由君之奢欲

問近古已來君天下者皆患人之困而不知困之由皆欲人之安而不得安之術今欲轉勞爲逸用富易貧究困之由矯其失於既往求安之術致其利於將來審而行之以康天下

臣聞近古已來君天下者皆患人之困而不知困之由皆欲人之安而不得安之術臣雖狂瞽然粗知之臣竊觀前代人庶

之貧困者由官吏之縱欲也官吏之縱欲者由君上之不能節儉也何則天下之人億兆也君者一而已矣以億兆之人奉其一君則君之居處雖極土木之功殫金玉之飾君之衣食雖窮海陸之味盡文采之華君之耳目雖慆鄭衛之音猒燕趙之色君之心體雖倦畋漁之樂疲轍跡之遊猶未合擾於人傷於物何者以至多奉至少故也然則一縱一放而弊及於人者又何哉蓋以君之命行於左右左右頒於方鎮方鎮布于州牧州牧達于縣宰縣宰下於鄉吏鄉吏傳於村胥然後至於人焉自君至人等級若是所求既衆所費滋多則君取其一而臣已取其百矣所謂上開一源下生百端者也豈直若此而已哉蓋亦君好則臣爲上行則下効故上苟好奢則天下貪冒之吏將肆心焉上苟好利則天下聚斂之臣將寘其力焉雷動風行日引月長上益其侈下成其私其費盡

出於人人實何堪其弊此又爲害十倍於前也夫如是則君之躁靜爲人勞逸之本君之奢儉爲人富貧之源故一節其情而下有以獲其福一肆其欲而下有以罹其殃一出善言則天下之心同其喜一違善道則天下之心共其憂蓋百姓之殃不在乎鬼神百姓之福不在乎天地在乎君之躁靜奢儉而巳是以聖王之修身化下也宮室有制服食有度聲色有節畋遊有時不徇己情不窮己欲不殫人力不耗人財夫然故誠發乎心德形乎身政加乎人化達乎天下以此禁吏則貪欲之吏不得不廉矣以此牧人則貧困之人不得不安矣困之由安之術以臣所見其在茲乎

二十二不奪人利 議鹽鐵與權酤誠厚斂及雜稅

問鹽鐵之謀權酤之法山海之利關市之征皆可以助佐征徭又慮其侵削黎庶捨之則乏用於軍國取之則奪利於生人

取捨之間孰爲可者

臣聞君之所以爲國者人也人之所以爲命者衣食也衣食之所從出者農桑也若不本於農桑而興利者雖聖人不能也苟有能者非利也其害也何者既不自地出又非從天來必是巧取於人曲成其利利則日引而月長人則日削而月朘至使人心窮王澤竭故臣但見其害不見其利也所以王者不殖貨利不言有無耗羨之財不入於府庫析毫之計不行於朝廷者慮其利穴開而罪梯（犯御嫌名）然則聖人非不好利也利在於利萬人非不好富也富在於富天下節欲於宁人斯利矣省用於外人斯富矣故唐堯夏禹漢文之代雖薄農桑之稅除關市之征棄山海之饒散塩鐵之利亦國足而人富安矣何則欲節而用省也秦皇漢武隋煬之時雖入太半之賦徵逆折之租建擢酤之法出舟車之筭亦國乏用而人貧

弊矣何則欲不節而用不省也蓋所謂山林不能給野火江海不能實漏巵夫利散於下則人逸而富利壅於上則人勞而貧故下勞則上無以自安人富則君孰與不足禮記曰人以君爲心君以人爲體詩曰愷悌君子人之父母由此而言未有體勞而心逸者也未有子富而父貧者也臣又聞地之生財多少有限人之食利衆寡有常若盈於上則耗於下利於彼則害於此而王者四海一家兆人一統國無異政家無異風若奪其利則害生害不加於人欲何加乎若除其害則利生利不歸於人欲何歸乎故奪之也如皮盡於毛下本或不與存之同也囊漏於貯中利將焉往與奪利害斷可知焉是以善爲國者不求非農桑之產不重非衣食之貨不用計數之吏不畜聚斂之臣臣聞擢筦之謀則思侵削于下見羨餘之利則念誅求於人然後德澤流而詞詠作矣故曰利出一孔者王利出二孔者強

利出三孔者弱此明君立國子人者貴本業而賤末利也

二十三議鹽法之弊 論鹽商之幸

臣伏以國家鹽之法久矣鹽之利厚矣蓋法久則弊起弊起則法隳利厚則姦生姦生則利薄臣以爲隳薄之由由乎院場太多吏職太衆故也何者今之主者歲考其課利之多少而殿冣焉賞罸焉院場既多則各慮其商旅之不來也故羨淡其鹽而多與焉吏職既衆則各懼其課利之不優也故慢其貨而苟得焉鹽羨淡則幸生而無猒之商趨矣貨慢則濫作而無用之物入矣所以鹽愈費而官愈耗貨愈虛而商愈饒法雖行而姦緣課雖存而利失今若減其吏職省其院場審貨帛之精麤謹鹽量之出入使月有常利歲有常程自然鹽不誘商則出無羨淡鹽矣吏不爭課則入無濫貨矣鹽不濫出貨不濫入則法自張而利復興矣利害之効豈不然乎臣又

見自關以東上農大賈易其資産入爲鹽商率皆多藏私財别營裨販少出官利唯求隷名居無征徭行無攉稅身則庇於鹽籍利盡入於私室此乃下有耗於農商上無益於筦攉明矣蓋山海之饒鹽鐵之利利歸於人政之上也利歸於國政之次也若上既不歸於人次又不歸於國使幸人姦黨得以自資此乃政之疵國之蠹也今若剗革弊法沙汰姦商使下無僥倖之人上得析毫之計斯又去弊興利之一端也唯陛下詳之

二十四議罷漕運可否

問秦居上腴利号近蜀然都畿所理征賦不充故歲漕山東穀四百萬斛用給京師其閒水旱不時賑貸貧乏今議者罷運穀而收脚價糴户粟而折稅錢但未知利於彼乎而害於此乎

臣聞議者将欲罷漕運於江淮請和糴於關輔以省其費

以便於人臣愚以爲救一時之弊則可也若以爲長久之法則不知其可也何者方今自淮以南逾年旱歉自洛而西仍歲豐稔彼人困於艱食此穀賤於傷農困則難於發租賤則易於乞糴斯則不便於彼而無害於此矣此臣所謂救一時之弊則可也若舉而爲法循以爲常臣雖至愚知其不可何者夫都畿者四方所湊也萬人所會也六軍所聚也雖利稱近蜀之饒猶未能足其用雖田有上腴之利猶不得充其費況可日削其穀月朘其食乎故國家歲漕東南之粟以給焉時發中都之廩以賑焉所以贍關中之人均天下之食而古今不易之制也然則用捨利害可明徵矣夫賫斂糴之資省漕運之費非無利也蓋利小而害大矣故久而不勝其害輓江淮之租贍關輔之食非無害也蓋害小而利大矣故久而不勝其利大凡事之大害者不能無小利也事之大利者不能無小害也蓋

恤小害則大害不去愛小利則大利不成也古之明王所以能興利除害者非他蓋棄小而取大耳今若恤沉舟之役忘稼穀之用是知小計而不知大會矣此臣所謂若以爲長久之法則不知其可也

二十五立制度 節財用均貧富禁兼并止盜賊起廉讓

問夫地之利有限也人之欲無窮也以有限奉無窮則必地財耗於僭奢人力屈於嗜欲故不足者爲姦爲盜有餘者爲驕爲濫今欲使食力相充財欲相稱貴賤別而禮讓作貧富均而廉恥行作爲何方可至於此

臣聞天有時地有利人有欲能以三者與天下共者仁也聖也仁聖之本在乎制度而已夫制度者先王所以下均地財中立人極上法天道者也且天之生萬物也長之以風雨成之以寒燠聖人之牧萬人也活之以衣食濟之以器用若風雨淫寒

燠甚則反傷乎物之生焉若衣食奢器用費則反傷乎人之生焉故作四時八節所以時寒燠節風雨不使之過差爲沴也聖人制五等十倫所以倫衣食等器用不使之踰越爲害也此所謂法天而立極者也然則地之生財有常力人之用財有常數若羨於上則耗於下也有餘於此則不足於彼也是以地力人財皆待制度而均也尊卑貴賤皆待制度而別也大凡爵祿之外其田宅棟宇車馬僕御器服飲食之制暨乎賓婚祠葬之度自上而下皆有數焉若不節之以數用之以倫則必地力屈於僭奢人財消於嗜欲而貧困凍餒姦邪盜賊盡生於此矣聖王知其然故天下奢則示之以儉天下儉則示之以禮俾乎貴賤區別貧富適宜上下無羨耗之差財力無消屈之弊而富安溫飽廉恥禮讓盡生於此矣然則制度者出於君而加於臣行於人而化於天下也是以君人者莫

不唯欲是防唯度是守守之不固則外物攻之故居處不守其度則峻宇崇臺攻之飲食不守其度則殊滋異味攻之衣服不守其度則奇文詭製攻之視聽不守其度則姦聲豔色攻之喜怒不守其度則僭賞淫刑攻之翫好不守其度則妨行之貨蕩心之器攻之獻納不守其度則讒諂之言聚斂之計攻之道術不守其度則不死之方無生之法攻之夫然則安得不內固其守甚於城池焉外防其攻甚於寇戎焉將在乎寢食起居必思其度思而不已則其下化之詩曰儀刑文王萬邦作孚此之謂矣

二十六養動植之物 以豐財用以致麟鳳龜龍

臣聞天育物有時地生財有限而人之欲無極以有時有限奉無極之欲而法制不生其間則必物暴殄而財乏用矣先王惡其及此故川澤有禁山野有官養之以時取之以道是以豺

獺未祭罝網不布於野澤鷹隼未擊矰弋不施於山林昆蟲未蟄不以火田草木未落不加斤斧漁不竭澤畋不合圍至於麛卵蚳蝝五穀百果不中殺者皆有常禁夫然則禽獸魚鱉不可勝食矣財貨器用不可勝用矣臣又觀之豈直若此而已哉蓋古之聖王使信及豚魚仁及草木鳥獸不殀胎卵可窺麟鳳効靈龜龍爲畜者亦由此塗而致也

二十七請以族類求賢

問自古以來君者無不思求其賢賢者罔不思効其用然兩不相遇其故何哉今欲求之其術安在

臣聞人君者無不思求其賢人臣者無不思効其用然而君求賢而不得臣効用而無由者豈不以貴賤相懸朝野相隔堂遠於千里門深於九重雖臣有慺慺之誠何由上達雖君有孜孜之念無因下知上下茫然兩不相遇如此則豈唯賢者

不用矧又用者不賢所以從古已來亂多而理少者職此之由
也臣以爲求賢有術辨賢有方方術者各審其族類使之
推薦而已近取諸喻其猶線與矢也線因鍼而入矢待弦而
發雖有線矢苟無鍼弦求自致焉不可得也夫必以族類
者蓋賢愚有貫善惡有倫若以類求必以類至此亦由水
流濕火就燥自然之理也何則夫以德義立身者必交於德
義不交於險僻以正直克己者必用於正直不用於頗邪以
貪冒爲意者必比於貪冒不比於貞廉以悖慢肆心者必
狎於悖慢不狎於恭謹何者事相害而不相利性相戾而不
相從此乃天地常倫人物常理必然之勢也則賢與不肖以
此知之伏惟陛下欲求而致之也則思因鍼待弦之勢欲辨
而別之也則察流濕就燥之徒得其勢必彙征而自來審
其徒必群分而自見求人之術辨人之方於是乎在此矣

二十八尊賢 請厚禮以致大賢也

問國家歲貢俊造日求賢良何則所得者率尋常之才所來者非師友之佐豈時無大賢乎將求之不得其道乎

臣聞致理之先先於行道行道之本本於得賢得賢之由由乎審禮若禮之厚薄定於此則賢之優劣應於彼故黜位而朝西面而事則師之才至矣先之以身下之以色則友之才至矣展皮弊之禮盡揖讓之儀則大臣之才至矣南面而坐使者先焉則左右之才至矣憑几據杖以令召焉則廝役之才至矣是以得師者帝得友者王得大臣者霸得左右者弱得廝役者亂然則求師而得友求友而得臣者有矣未有求臣而得友求友而得師者也是故圖帝而成王圖王而成霸者有矣未有圖霸而成王圖王而成帝者也夫以夷吾之賢爲不可召之臣（淵聖御名）公所以霸齊也孔明之才爲非屈致之士劉氏

所以圖蜀也夫欲覇一國圖一方猶審其禮行其道焉況開帝王之業垂無疆之休茍無尊賢之風師友之佐則安能弘其理恢其化乎國家有天下二百年政無不施德無不備唯尊賢之禮未與三代同風陛下誠能行之則盡美盡善之事畢矣

二十九請行賞罰以勸舉賢

問頃者累下詔旨令舉所知獻其狀莫匪賢能授以官罕聞政績將人不易知耶將容易其舉耶

臣伏見頃者德宗皇帝頒下詔旨令舉所知自是內外百寮歲有聞薦有司各詳其狀咸命以官語其數誠得多士之名考其才或非盡善之實何則得賢由舉擇慎審慎審由賞罰必行自十年以來未聞有司以得所舉賞一人以失所舉罪一人則內外之薦恐未專精出處之賢或有違濫斯所以令陛下尚有未得賢之歎也伏惟申命所舉深詔有司量其短長

之材授以小大之職然後明察臧否精考殿冣得人者行進賢之賞謬舉者坐不當之辠自然上下精詳遠近懲勸謹關梁以相保責轅輪以相求俾夫草靡風行達于天下天下之耳盡爲陛下聽天下之目盡爲陛下視明其視則舉不失德廣其聽則野無遺賢而後官得其才事得其序如此則陛下但凝神端拱而天下理矣

三十審官 量才授職則政成事舉

問官既備而事未舉才既用而政未成將欲正之其失安在

臣聞夫官既備而事未舉才既用而政未成者由官與才不相得也且官有小大繁簡之殊才有短長能否之異稱其任則政立枉其能則事乖故先王立庶官而後求人使乎各司其局也辨衆才而後入仕使乎各盡其能也如此則官雖省才雖半可得而理矣若以短任長以大授小委其不可而望其可強

其不能而責其能如此則官雖能才雖倍無益於理矣故曰任小能於大事者猶貍搏虎而刀伐木也屈長才於短用者猶驥捕鼠而斧剪毛也所不相及豈不宜哉王者誠能量衆才之短長審庶官之小大俾操鑿柄者無圓方之謬備輪轅者適曲直之宜自然人盡其能職修其要彝倫曰叙庶績曰凝又何患乎事不舉而政未成哉

三十一大官乏人 由不慎選小官也

問國家台衮之材臺省之器胡然近日稍乏其人將欲救之其故安在

臣伏見國家公卿將相之具選於丞郎給舍丞郎給舍之材選於御史遺補郎官御史遺補郎官之器選於秘著校正畿赤簿尉雖未盡是十常六七焉然則畿赤之吏不獨以府縣之用求之秘著之官不獨以校勘之用取之其所責望者乃丞

郎之推輪公卿之濫觴也則選用之際宜得其人臣竊見近
日秘著校正或以門地授職亦簿尉唯以資序求未商較
其器能不研覈其才行至使頃年已來臺官空不知所取
省郎闕不知所求豈直乏之賢誠亦廢事且以資序得者僅能
叅於簿領以門地進者或未任於鉛黃臣恐台衮之才臺省
之具十年已後稍乏其人又頃者有司懲趨競之流塞儌倖
之路俾進士非科第者不授校正校正欠資考者不署職官
立而爲文權以救弊蓋以一時之制非可久之術今者有司難於
掄材易於注擬因循勿改守以爲常至使兩職之中數縣之外
雖資序皆當其任而名實莫得而聞故每臺省缺員曾莫
擬議則守文之弊一至於斯伏願思以後艱革其前失廣丞
郎椎輪之本跡公卿濫觴之源如此則良能之材必足用矣要
劇之職不乏人矣

三十二議庶官遷次之遲速

問先王建官升降有制遷次有常此經久之道也或云賞善罰惡者不踰時月又曰爲官吏者可長子孫豈今古之制殊乎不然何遲速之異如此也今欲速遷而勸善恐誘躁求之心將令久次而望功慮興滯用之歎疾徐之制何以爲中

臣聞孔子曰苟有用我者三年而有成舜典曰三載考績三考黜陟幽明雖聖賢爲政未及三年不能成也雖善惡難知不過九載必自著也由此而論爲官吏者不可速遷也不可久次也若未三年而遷則政未立績未成且躁求之心生而馴致之化廢矣若過九載而不轉則明不陟幽不黜而勸善之法缺懲惡之典隳矣大凡內外之官其略如此然則宰與天子共理者莫先於二千石乎臣竊見近來諸州刺史有未兩考而遷者豈爲善成政之速速於聖賢耶將有司考察之不

精耶不然何遷之遽也又有踰一紀而不轉者善惡未著莫得而知耶將有司遺忘而不舉耶不然何轉之遲也臣伏見順宗皇帝詔曰凡內外之職四考遞遷斯實革今之弊行古之道也然臣猶以爲吏能有聞者既以四考遷之政術無取者亦宜四考黜之將欲循其名辨其實則在陛下獎糾察之吏督考課之官使別其否臧明知白黑仍命曰雖久次者不得逾於四載雖速遷者亦待及於三年此先王較能之大方致理之要道也伏惟陛下試垂意而察焉

三十三革吏部之弊

問吏部之弊爲日久矣今吏多於員其故何因官不得人其由何在姧僞日起其計何生馳騖日滋其風何自欲使吏與員而相得名與實而相符趨競巧濫之弊銷公平政理之道長姸蚩者不能欺於藻鏡錙銖者不敢詐於銓衡豈無良謀以救

其弊

臣伏見吏部之弊爲日久矣時皆共病不知其然臣請備而言之臣聞古者計户以貢士量官而署吏故官不乏吏士不乏官士吏官員必相參用今則官倍於古吏倍於官入色者又倍於吏也此由每歲假文武而筮仕者衆冒資蔭而出身者多故官不得人員不充吏是以爭求日至姧濫日生斯乃爲弊之一端也臣又聞古者州郡之吏牧守選而舉之府寺之寮公卿辟而署之其餘者乃歸有司有司所領既少則所選必精此前代所以得人也今則内外之官一命已上歲羨千數悉委吏曹吏曹案資署官猶懼不給則何暇考察名實區别否臧者乎至使近代以來寖而成弊眞僞爭進共徼循資之書賢愚莫分同限停年之格才能者淹滯而不振巧詐者因緣以成姧此又爲弊之一端也今若使内外師長者各選

其人分署其吏則庶乎官得其才矣使諸色入仕者量省其數或間以年則庶乎士不乏官矣官得其才則公平政理之道所由長也士不乏官則趨競巧濫之弊所由消也矧又減銓衡之偏重則力不撓而易平矣分藻鏡之獨臨鑒則照不疲而易明矣與夫千品折於一面百職斷於一心功相萬也得失相懸豈不遠矣臣以爲芟煩剗弊莫尚於斯

三十四牧宰考課 議殿最未精又政不由己

問今者勤恤黎元之隱精求牧宰之材亦既得人使之爲政何則撫字之方尚未副我精求之旨疲困之俗尚未知我勤恤之心豈才未稱官將人不求理備陳其故以革其非

臣聞王者之設庶官無非共理者也然則庶官之理同歸而牧宰之用爲急蓋以邦之賦役由之而後均王之風教由之而後行人之性命繫焉國之安危屬焉故與夫庶官之寄輕重不

可齊致也臣伏見陛下勤恤黎元之心至矣愼擇牧宰之旨深矣然而黎元之理尚未副陛下勤恤之心牧宰之政尚未稱陛下愼擇之旨非人不求理非才不稱官以臣所窺粗知其由矣臣聞賢者爲善不待勸矣何哉性不忍爲惡耳愚者爲不善雖勸而不遷也何哉性不能爲善耳賢愚之間謂之中人中人之心可上可下勸之則遷於善捨之則陷於惡故曰懲勸之廢也推中人而墜於小人之域懲勸之行也引中人而納諸君子之塗是知勸沮之道不可一日無也況天下牧宰中人者多去惡遷善皆得勸沮伏以方今殿最之法甚備黜陟之令甚明然則就備之中察之者未甚精也就明之中奉之者未甚行也未甚精則臧否同貫未甚行則善惡齊驅雖有和璞之眞不能識也雖有齊竽之濫何由知之如此則豈獨利淫亦將失善善苟未勸淫或未懲欲望副陛下勤恤

之心稱陛下慎擇之言或恐難矣臣又請以古事驗之臣聞唐虞之際也敷求俊乂而四凶見用及三考黜陟而四罪乃彰則知雖至明也尚或迷眞僞之徒雖至聖也不能去考察之法故其法張則變曲爲直如蓬生於麻也其法弛則變香爲臭使蘭化爲艾也且聖人之爲理豈盡得賢而用之乎豈盡知不肖而去之乎將在夫秉其樞操其要刻邪爲正削觚爲圓能使善之必遷不謂善之盡有能使惡之必改不爲惡之盡無成此功者無他懲勸之所致也則考課之法其可輕乎臣又見當今牧宰之內甚有良能委之理人亦足成政所未至者又有其由臣聞牧宰古者五等之國也於人有父母之道焉於吏有君臣之道焉所宜弛張舉措由其心威福賞罰懸於手然後能鎮其俗移其風也今縣宰之權受制於州牧州牧之政取則於使司迭相拘持不敢專達雖有政術何由施行

況又力役之限賦斂之期以用之費省爲求不以人之貧富爲度以上之緩急爲節不以下之勞逸爲程縣畏于州州畏于使雖有仁惠何由撫綏此由東舟檝而望濟川絆騏驥而求致遠臣恐龔黃卓魯復生於今日亦不能爲理矣

三十五使百職修皇綱振 在乎革愼默之俗

夫百職不修萬事不擧皇綱弛而不振頹俗蕩而不還者由君子讜直之道消小人愼默之道長也臣伏見近代以來時議者率以拱默保位者爲明智以柔順安身者爲賢能以直言危行者爲狂愚以中立守道者爲凝滯故朝寡敢言之士庭鮮執咎之臣自國及家寖而成俗故父訓其子曰無介直以立仇敵兄教其弟曰無方正以賈悔尤識者喑瘂非而不言愚者心競而是効至使天下有目者如瞽也有耳者如聾也有口者如含鋒刃也愼默之俗一至於斯此正士直臣所以退藏而

長太息也豈直若此而已哉蓋愼默積於中則職事廢於
外強毅果斷之心屈畏忌因循之性成反謂率職而舉正者不
達於時宜當官而行法者不通於事變是以殿最之文雖書而
不實黜陟之法雖備而不行欲望善者勸惡者懲百職修
萬事舉不可得也然臣以為歷代之頹俗非國朝不能革也
國朝之皇綱非陛下不能振也革振之術臣粗知之何者夫人
之蚩蚩唯利是務若利出於愼默則愼默之風大起若利出
於讜直則讜直之風大行亦猶冬日之陽夏日之陰不召物
自歸之者無他溫涼之利所在故也伏惟陛下以至公統天下
以至明御羣臣使情僞無所逃言行無所隱有若讜直強
毅舉正彈違者引而進之有若愼默畏忌吐剛茹柔者推而
遠之使此有利彼無利安得不去彼取此乎斯所謂俾人曰
從善遠罪而不自知也如此則百職修萬事舉皇綱振

頹俗移太平之風由斯而致矣

白氏文集卷第六十三

白氏文集卷第六十四

策林三　凡十九道

五十二議井田阡陌　五十三議肉刑

五十四刑禮道

三十六達聰明致理化

夫欲達聰明致理化則在乎奉成式不必乎創新規也臣聞堯之所以神而化者聰明文思也舜之所以聖而理者明四目達四聰也蓋古之理化皆由聰明出也自唐虞以降斯道寖衰秦漢以還斯道大喪上不以聰接下下不以明奉上聰明之道既阻於上下則詭僞之俗不得不流於內外也國家承百王已弊之風振千古未行之法於是始立匭使始加諫員始命待制官始設登聞鼓故遺補之諫入則朝廷之得失所由知也匭使之職舉則天下之壅蔽所由通也待制之官進則衆臣之謀猷所由展也登聞之鼓鳴則羣下之冤濫所由達也此皆我烈祖所刱累聖所奉雖堯舜之道無以出焉故貞

觀之大和開元之至理率由斯而馴致矣自貞元以來抗疏而諫者留而不行投書於匭者寢而不報待制之官經時而不見於一問登聞之鼓終歲而不聞於一聲臣恐衆臣之謀猷或未盡展朝廷之得失或未盡知壅蔽者有所未通寃濫者有所未達今幸當陛下踐祚體元之始施令布和之初則宜申明舊章條舉廢事使列聖之述作不墜陛下之聰明惟新以初爲常令其時矣時不可失惟陛下惜而行之則堯舜之化祖宗之理可得而致矣臣故曰達聰明致理化在乎奉成式不必乎刱新規也

三十七決壅蔽 在不使人知所欲

臣聞國家之患患在臣之壅蔽也壅蔽之生生於君之好欲也蓋欲見於此則壅生於彼壅生於彼則亂作其間歷代有之可略言耳昔秦二代好佞趙高飾諂諛之言以壅之周厲

好利榮夷公陳聚斂之計以壅之郘辛好音師涓作靡靡之樂以壅之周幽好色褒姒入納豔妻以壅之齊淵聖御名好味易牙蒸首子以壅之雖所好不同同歸於壅矣所壅不同同歸於亂也故曰人君無見其意將為下餌蓋謂此矣然則明王非無欲也非無壅也蓋有欲則節之有壅則決之節之又節之以至於無欲也決之又決之以至於無壅也其所然者將在乎靜思其故動防其微故聞甘言則慮趙高之諛進於側矣見厚利則慮榮夷公之計陳於前矣聽新聲則慮師涓之音誘於耳矣顧豔色則慮褒氏之女惑於目矣嘗異味則慮易牙之子入於口矣夫如是安得不晝夜慮之寤寐思之立則見其參於前行則想其隨於後自然兢兢業業日慎一日使左不知其所欲右不知其所好雖欲壅蔽其可得乎此明王節欲決壅之要道也

三十八君不行臣事（委任宰相）

臣聞建官施令者君所執也率職知事者臣所奉也臣行君道則政專君行臣道則事亂專與亂其弊一也然則臣道者百職至衆萬事至繁誠非一人方寸所能盡也故王者但操其要擇其人而已將在乎分務於羣司各令督責其課受成於宰相不以勤倦自嬰然後謹殿最而賞罰焉審幽明而黜陟焉則萬樞之要畢矣故失君道者雖多夕惕若厲之慮而彝倫未必序也行臣事者雖多日昃不食之勤而庶績未必凝也得其要逸而有終非其宜勞而無功故也臣又聞坐而論道三公之任也作而行之卿大夫之職也故陳平不肯知錢穀邴吉不問死傷者此有司之職也非宰相之任也夫以宰相尚不可侵有司之職况人君可侵宰相之任乎可侵百執事之事乎臣又聞宰相之任者上代天工下執人柄羣職由

之而理亂庶政由之而施張君之心膂待宰相而啓沃君之耳目待宰相而聰明設其位不可一日非其人得其人不可一日無其寵疑則勿用用則勿疎然後能訢合其心馴致其道蓋先王所以端拱凝旒而天下大理者無他焉委務於有司也仰成於宰相也

三十九使官吏清廉 在均其祿厚其俸

臣聞爲國者皆患吏之貪而不知去貪之道也皆欲吏之清而不知致清之由也臣以爲去貪致清者在乎厚其祿均其俸而已夫衣食闕於家雖嚴父慈母不能制其子況君長能撿其臣吏乎凍餒切於身雖巢由夷齊不能固其節況凡人能守其清白乎臣伏見今之官吏所以未盡貞廉者由祿不均而俸不足也不均者由所在課料重輕不齊也不足者由所在官長侵刻不巳也其甚者則有官秩等而祿殊郡縣同而俸

異或削奪以過半或停給而彌年至使衣食不充凍餒並至如此則必冒白刃蹈水火而求私利也況可使撫人字物斷獄均財者乎夫上行則下從身窮則心濫今官長日侵其利而望吏之不日侵於人不可得也蓋所謂渴馬守水餓犬護肉則雖日用刑罰不能懲貪而勸清必矣陛下今欲革時之弊去吏之貪則莫先於均天下課料重輕禁天下官長侵刻使天下之吏溫飽充於内清廉形於外然後示之以恥糾之以刑如此則縱或爲非者百無一二也

四十省官併俸減使職

臣聞古者計人而置官量賦而制祿故官之省置必稽人户之衆寡祿之厚薄必稱賦入之少多俾乎官足以理人人足以奉吏吏有常祿財有常征財賦吏員必參相得者也頃以兵戎屢動荒沴荐臻戸口流亡財征減耗則宜量其官而省之併其祿而厚

之故官省則事簡事簡則人安祿厚則吏清吏清則俗阜而天下所由理也然則知清其吏而不知厚其祿則飾詐而不廉矣知厚其祿而不知省其官則財費而不足矣知省其官而不知選其能則事壅而不理矣此三者迭爲表裏相須而成者也伏惟陛下詳而行之臣又見兵興以來諸道使府或因權宜而置職一置而不停或因暫勞而加俸一加而無減至使職多於郡縣之吏俸優於臺省之官積習生常煩費滋甚今若量其職員審其祿秩使衆寡有常數厚薄得其中故祿得其中則費不廣而下無侵削之患矣職有常數則事不煩而人無勞擾之弊矣此又利害相懸遠者伏惟陛下念而救之

四十一議百司食利錢

臣伏見百司食利利出於人日給而經費有常月徵而倍息無已然則舉之者無非貧戶徵之者率是遠年故私財竭於倍

利官課積於逋債至使公食有闕人力不堪弊既滋深法宜改作且王者惡言求利患在不均況天下之錢一也謂之曰利曷若謂之曰征乎取之於寡曷若取之於衆乎今若日計其費歲會其用舉爲定數命曰食征隨兩稅以分徵使萬民而均出散之天下其數幾何故均之於衆則貧戶無倍息之弊矣入之有程則公食無告闕之慮矣公私交便其在茲乎此

四十二議百官職田

臣伏以職田者職既不同田亦異數内外上下各有等差此亦古者公田稍食之制也國家自多事巳來厥制不舉故稽其地籍而田則具存考以戶租而數多散失至有品秩等官署同廩祿厚薄之相懸近乎十倍者矣今欲辨内外之職均上下之田不必乎創新規其在乎舉舊典也臣謹按國朝舊典量品而授地計田而出租故地之多少必視其品之高下

租之厚薄必視其田之肥墝如此則沃墝齊而戶租均等列辨而祿食足矣今陛下求其典而典存焉索其田而田在焉誠能申明舉而行之則前弊必自革矣

四十三議兵 用捨逆順興亡

問傳曰誰能去兵兵之設久矣又曰先王耀德不觀兵二者古之明訓也然則君天下者廢而不用且涉去兵之非資以定功又乖耀德之美去就之理何者得中

又問兵不妄動師必有名議之者頗辨否臧用之者多迷本末故有一戎而業成王霸一戰而禍及危亡興滅之由何申逆順之要安在

臣聞天下雖興好戰必亡天下雖安忘戰必危不好不忘天下之王也祭公曰先王耀德不觀兵老子曰兵者不祥之器不得已而用之斯則不好之明訓也傳曰誰能去兵兵之設久矣

又周定天下偃武修文猶立司馬之官六軍之衆以時教戰斯又不忘之明訓也然則君天下者不可去兵也不可黷武也在乎用之有本末行之有逆順逆順之要大略有三而兵之名隨焉夫興利除害應天順人不爲名尸義然後動謂之義兵相時觀釁取亂侮亡不爲禍先敵至而應謂之應兵恃力宜驕作威逞欲輕人性命貪人土田謂之貪兵兵貪者亡兵應者強兵義者王王之兵無敵於天下也故有征無戰焉強之兵先弱敵而後戰也故百戰百勝焉亡之兵先自敗而後戰也故勝與不勝同歸於亡焉然歷代君臣惑於本末聞王者之無敵則思耀武是獲一兎而欲守株也見亡者之自敗則思弭兵是因一咽而欲去食也曾不知無敵者根於義自敗者本於貪而欲歸咎於兵責功於武不其惑歟興廢之由逆順之要昭然可見唯陛下擇之

四十四銷兵數　省軍費在斷召募除虛名

臣伏見自古以來軍兵之衆資糧之費未有如今日者時議者皆患兵之衆而不知衆之由皆欲兵之銷而不得銷之術故散之則軍情怨而戎心啓聚之則財用竭而人力疲爲日既深其弊亦甚臣以爲銷兵省費者在乎斷召募去虛名而已伏以貞元軍興以來二十餘年陛下念其勞効固不可散棄幸以時無戰伐又焉用增加臣竊見當今募新兵占舊額張虛簿破見糧者天下盡是矣斯則致衆之由積費之本也今若去虛名就實數則一日之內十已減其二三矣若使逃不補死不塡則十年之間十又銷其三四矣故不散棄之則軍情無怨也不增加之則兵數自銷也去虛就實則名不詐而用不費也故臣以爲銷兵之方省費之術或在於此唯陛下詳之

四十五復府兵置屯田　分兵權存戎備助軍食

夫欲分兵權存戎備助軍食則在乎復府兵置屯田而已昔高祖始受隋禪太宗既定天下以爲兵不可去農不可廢於是當要衝以開府因隙地以營田府有常官田有常業俾乎時而講武歲以勸農分上下之番遞勞逸之序故有虞則起爲戰卒無事則散爲農夫不待徵發而封域有備矣不勞饋餉而軍食自充矣此亦古者尉候之制兵賦之義也況今關畿之内鎮壘相望皆仰給於縣官且無用於戰伐若使反兵於舊府興利於廢田張以簿書頒其廩積因其卒也安之以田宅因其將也命之以府官始復於關中稍置於天下則兵權漸分而屯聚之弊日銷矣戎備漸修而訓習之利日興矣軍食漸給而飛輓之費日省矣一事作而三利立唯陛下裁之

四十六選將帥之方

臣聞君明則將賢將賢則兵勝故有不能理兵之將而無不

可勝之兵有不能選將之君而無不可得之將是以君功見於選將將功見於理兵者也然則選將之術在乎因人之耳而聽之因人之目而視之因人之好惡而取捨之故明王選將帥也訪于衆詢于人若十人愛之必十人之將也百人悅之必百人之將也萬人伏之必萬人之將也臣以爲賢愚之際優劣之間以此而求十得八九矣

四十七御功臣之術

臣聞明王之御功臣也量其功而限之以爵審其罪而糾之以法限之以爵故爵加而知榮矣糾之以法故法行而知恩矣恩榮並加畏愛相濟下無貳志上無疑心此明王所以念功勞而全君臣之道也若不限之以爵則無猒之心生矣雖極人臣之位而不知榮也若不糾之以法則不忌之心啓矣雖竭人主之寵而不知恩也恩榮不知畏愛不立而望奉上之心盡

念功之道全或難矣故傳曰報者倦矣施者未猒此由爵賞無限而法不行使之然也唯陛下察之

四十八禦戎狄 御歷代之策陳當今之宜

問戎狄之患久矣備禦之略多矣故王恢陳征討之謀賈生立表餌之術婁敬興和親之計晁錯建農戰之策然則古今異道利害殊宜將欲採之孰爲可者又問今國家北虜欵誠南夷請命所未化者其唯西戎乎討之則疲頓師徒捨之則侵軼邊鄙許和親則啓貪而厚費約盟誓則飾詐而不誠今欲遏彼虔劉化其桀驁來遠人於朔漠復舊土於河湟上策遠謀備陳本末

臣聞戎狄者一氣所生不可翦而滅也五方異族不可臣而畜也故爲侵暴之患久矣而備禦之略亦多矣考其要者大較有四焉若乃選將練兵長驅深入之謀自王恢始建以三表誘

以五餌之術自賈誼始厚以賂遺結以和親之計自婁敬始徙人實邊勸農教戰之策自晁錯始然則用王恢之謀則殫財耗力罷竭生人禍結兵連功不償費故漢武悔焉而下哀痛之詔也用賈誼之術則羌胡之耳目心腹雖誘而荒矣而華夏之財力風教亦隨而弊矣故漢文知其不可而不行也用婁敬之計則啓寵納侮厚費偷安雖侵略之患暫寧而和好之約屢背故漢氏四代爲匈奴所欺也用晁錯之策則邊人有安土之患未免攻戰之勞匈奴無得志之虞亦絕歸心之望故漢武猶病之有廣武之役也是以討之以兵不若誘之以餌誘之以餌不若和之以親和之以親不若備之有素斯皆前代已驗之事可覆而視也以今叅古棄短取長亦可擇而用焉然臣終以爲近筭淺圖非帝王久遠安邊之上策何者臣觀前代若政成國富德感人安則雖六月有北伐之師不足憂也

若政鈌國貧德衰人困則雖一時無南牧之馬不足慶也何則國富則師壯師壯則令嚴人安則心固心固則思理如此久久則天子之守不獨在於諸侯將在於四夷矣則暫雖有事何足憂矣若國貧則師弱師弱則不虞人困則心離心離則思亂如此久久則天子之憂不獨在於邊陲或在於蕭墻矣則暫雖無事何足慶焉蓋古之王者慶在本而不在末憂在此而不在彼也今國家柔中懷外近悅遠來北虜嚮風南蠻厎貢所未化者其餘幾何伏願陛下畜之如犬羊視之如蜂蠆不以士馬强而才力盛恃之而務戰爭不以亭障靜而煙塵銷輕之而去守備但且防其侵軼遏其虔劉去而勿追來而勿縱而已然後略四子之小術弘三王之大猷以政成德盛為圖以人安師壯為計故德盛而日聞則服服必懷柔師壯而時動則威威必震讋夫然可以不糜財用不煩師徒不盟誓

而外戍不和親而內附如此則四海之內五年之間要荒未服之戎必匍匐而來河隴已侵之地庶從容以歸上策遠謀不出於此矣

四十九備邊併將置帥

臣伏見方今備邊之計未得其宜何則京西之兵其數頗衆城堡甚備器械甚精以之遏侵掠禁奪攘則可矣若犬戎大至長驅而來臣恐將卒雖多無能抗者今所以軫陛下慮者豈非此乎其所以然者蓋由鎮壘太多主將太衆故也夫鎮多則兵散兵散則威不相合而力不相濟矣將衆則心異心異則勝不相讓而敗不相救矣卒然有事誰肯當之今若合之爲五將統之以一帥將合則勠力帥一則同心仍使均握其兵分守其界明察功罪必待賞罰然後據便宜之地扼要害之衝以逸待勞以寡制衆則雖黠虜無能爲也臣又爲自古及今

有不能守塞之兵而無不可守之塞有不能備戎之將而無不可備之戎故曰十圍之木持千鈞之屋得其宜也五寸之關能制其開闔居其要也伏惟陛下握戎之要操塞之關則西陲之憂可以少息矣

五十議守險 德與險兼用

問易曰王公設險以守其國記曰在德不在險然則用之則乖在德之訓棄之則違守國之誡二義相反其旨何從

又問以山河爲寶者萬夫不能當也以道德爲藩者四夷爲之守也何則苗恃洞庭負險而亡漢都天府用險而昌又何故也今欲鑒昌亡審用捨復何如哉

臣聞易曰王公設險以守其國又秦得百二以吞天下齊得十二而霸諸侯蓋恃險之論興於此矣史記曰在德不在險傳曰九州之險是不一姓蓋棄險之議生於此矣臣以爲險之爲用

用捨有時恃既失之棄亦未爲得也何者夫險之爲利大矣爲害亦大矣故天地閉否守之則爲利天地交泰用之則爲害蓋天地有常險而聖人無常用也然則以道德爲藩以仁義爲屏以忠信爲甲胄以禮法爲干櫓者教之險政之守也以城池爲固以金革爲備以江河爲襟帶以丘陵爲咽喉者地之險人之守也王者之興也必兼而用之昔漢高帝除害興利以安天下自謂德不及於周而賢於秦故去洛之易即秦之險建都創業垂四百年是能兼而用之也桀紂三苗之徒負大河憑太行保洞庭而不修德政坐取覆亡者是專恃其險也莒子恃其僻陋不修城郭浹辰之間喪其三都者是怠棄其險也由斯而觀之山河之阻溝墉之固可用而不可恃也可誠而不可棄也智以險昌愚以險亡昌亡之間唯陛下能鑒之

五十一議封建論郡縣

問周制五等其弊也王室衰微秦廢列國其敗也天下崩壞漢封子弟其失也侯王僭亂何則爲制不同同歸於弊也故自古及今議其是非者多矣今若建侯開國恐失隨時之宜如置郡守專城慮乖稽古之義考其要旨其誰可從

又問封建之制肇自黄唐郡縣之規始於秦漢或沿或革以至國朝今欲子兆人家四海建不拔之業垂無疆之休大鑒興亡從長而用無論今古擇善而行侯將守而何先郡與國而孰愈具書于策當舉行之

臣聞封建之廢久矣是非之論多矣異同之要歸于三科或曰周人制五等封親賢其弊也諸侯擅相戰伐陪臣執國命故聞蚕食瓜剖以至於衰滅也而李斯周青臣之議繇是興焉又曰秦並廢列國棄子弟其敗也萬民無定主九族爲匹夫故魚爛土崩以至於覆亡也而曹冏士衡之論繇是作焉又曰漢氏侯功臣

王同姓其失也爵號太尊土宇太廣故鼂張更解以至於勃亂也而鼂錯主父之計繇是行焉然則秦懲周之弊也既以亡而易衰漢鑒秦之亡也亦矯枉而過正歷代之說無出於此焉以臣所觀竊謂知其一未知其二也何者臣聞王者將欲家四海子兆人垂無疆之休建不拔之業者在乎操理柄立人防導化源固邦本之業者在乎刑行德立近悅遠安恩信推於中惠化流於外如此則四夷為臣妾況海內乎雖置守罷侯亦無害也若法壞政荒親離賢棄王澤竭於上人心叛於下如此則九族為讎敵況天下乎雖廢郡建邦又何益也故臣以為周之衰滅者上失其道天厭其德非為封建之弊也秦之覆亡者君流其毒人離其心非唯郡縣之咎也漢之禍亂者寵而失教立不選賢非獨強大之故也繇是觀之苟固其本尊其源雖郡與國俱可理而安矣苟踰其防失其柄雖侯與守

俱能亂且危矣伏惟陛下慮遠憂近鑒古觀今以敦睦親族爲先不以封王爲急以優勸勞逸爲念不以建侯爲思以尊賢寵德爲心不以開國爲意以安撫黎元爲事不以廢郡爲謀則無疆之休不拔之業在於此矣況國家之制垂二百年法著一王理經十聖變革之議非臣敢知

五十二議井田阡陌 息游惰止兼并實版圖

問三代之牧人也立井田之制别都鄙之名其爲名制可得而知乎其爲功利可得而聞乎

又問自秦壞井田漢修阡陌兼并大啓游惰寔繁雖歷代因循誠恐弊深而害甚如一朝改作或慮失業而擾人既廢之甚難又復之非便斟酌其道何者得中

臣聞王者之貴生於人焉王者之富生於地焉故不知地之數則生業無從而定財征無從而計軍役無從而平也不知人之

數則食力無從而計軍役無從而均也不均不平則地雖廣人雖多徒有貴之名而無富之實是以先王度土田之廣狹畫爲夫井量人戶之衆寡分爲邑居使地利足以食人人力足以闢土邑居足以處衆人力足以安家野無餘田以啓專利邑無餘室以容游人逃刑避役者往無所之敗業遷居者來無所處於是生業相固食力相濟其出財征也不待御書而已平矣其起軍役也不待料人而已均矣然後天子可以稱萬乘之貴四海之富也洎三代之後厥制崩壞故井田廢則游惰之路啓阡陌作則兼并之門開至使貧苦者無容足立錐之居富強者專籠山絡野之利故自秦漢迄于聖朝因循未遷積習成弊然臣以爲井田者廢之頗久復之稍難未可盡行且宜漸制何以言之昔商鞅開秦之利也蕩然廢之故千載之間豪奢者得其計王莽革漢之弊也卒然復之故一時之間農商者

失其業斯則不可久廢不可速成之明驗也故臣請斟酌時宜參詳古制大抵人稀土曠者且修其阡陌戶繁鄉狹者則復以井田使都鄙鄽有名家夫鄽有數夫然則井邑兵田之地衆寡相維門閭族黨之居有亡相保相維則兼并者何所取相保則游惰者何所容如此則庶乎人無浮心地無遺力財產豐足賦役平均市利歸於農生業著於地者矣

五十三議肉刑　可廢不可用

問肉刑者其來尚矣其廢久矣前賢之論是非紛然今欲棄而不行法或乖於稽古若舉而復用義恐失於隨時取捨之間何者爲可

臣伏以漢除肉刑迨今千有餘祀其間博聞達識之士議其是非者多矣其欲廢之者則曰刻膚革斷支體人主忍而用之則愷悌惻隱之心乖矣此緹縈所謂雖欲改過自新其道亡繇

者也其欲復之者劓曰任箠令用鞭刑酷吏倚而行之則專殺濫死之弊作矣此班固所謂以死罔人失本惠者也臣以爲議事者宜徵其實用刑者宜酌其情若以情實言之則可廢而而不可復也何者夫肉刑者蓋取劓椓臏刖之類耳書所謂五虐之刑也昔苗人始淫爲之而天既降咎及秦人又虐用之而天下亦離心夫如是則豈無濫死者耶漢文帝始除去之而刑罰以清我太宗亦因而棄之而人用不犯夫如是則豈有罔人者耶此臣所謂徵其實者也臣又聞聖人之用刑也輕重適時變用捨順人情不必乎反今之宜復古之制也況肉刑廢之久矣人人莫識焉今一朝卒然用之或絶筋或折骨或面傷則見者必痛其心聞者必駭其耳又非聖人適時變順人情之意也徵之於實既如彼酌之於情又如此可否之驗豈不明哉傳曰君子爲政貴因循而重改作又曰利不百不變法臣以爲復

之有害而無利也其可變而改作乎

五十四刑禮道　迭相爲用

問聖王之致理也以刑糾人惡故人知勸懼以禮導人情故人知恥格以道率人性故人反淳和三者之用不可廢也意者將偏舉而用耶將並建而用耶從其宜先後有次耶成其功優劣有殊耶然則相今日之所宜酌今日之所急將欲致理三者奚先

臣聞人之性情者君之土田也其荒也則薙之以刑其闢也則蒔之以禮其植也則穫之以道故刑行而後禮立禮立而後道生始則失道而後禮中則失禮而後刑終則修刑以復禮修禮以復道故曰刑者禮之門禮者道之根知其門守其根則王化成矣然則王化之有三者猶天之有兩曜歲之有四時廢一不可也並用亦不可也在乎舉之有次措之有倫而已何

者夫刑者可以禁人之惡不能防人之情禮者可以防人之情不能率人之性道者可以率人之性又不能禁人之惡循環表裏迭相爲用故王者觀理亂之深淺順刑禮之後先當其懲惡抑淫致人於勸懼莫先於刑剗邪窒慾致人於恥格莫尚於禮反和復朴致人於敦厚莫大於道是以衰亂之代則弛禮而張刑平定之時則省刑而弘禮清淨之日則殺禮而任道亦如祁寒之節則踈水而附火徂暑之候則遠火而狎水順歲候者適水火之用達時變者得刑禮之宜適其用達其宜則天下之理畢矣王者之化成矣將欲較其短長原其始終順其變而先後殊備其用而優劣等離而言之則異致合而理之則同功其要者在乎舉有次措有倫適其用達其宜而已方今華夷有截內外無虞人思休和俗已平泰是則國家殺刑罰討之日崇禮樂之時所以文易化成道易馴致者由得其時

也今則時矣伏惟陛下惜而不失焉

白氏文集卷第六十四

白氏文集卷第六十五

策林四　凡二十一道

五十五止獄措刑　在富而教之

問成康御宇囹圄空虛文景繼統刑罰不用太宗化下而人不犯成此功者其効安在桀紂在上比屋可誅秦氏爲君赭衣滿道致此弊者其故安在今欲鑒桀紂秦氏之弊繼周漢太宗之切使人恥且格刑措不用備詳本末著之于篇

臣聞仲尼之訓也既庶矣而後富之既富矣而後教之管子亦

云倉廩實知禮節衣食足知榮辱然則食足財豐而後禮教所由興也禮行教立而後刑罰所由措也蓋前事之不忘後事之元龜臣請以前事明之當周成康之時天下富壽人知恥格故囹圄空虛四十餘年當漢文景之時節用勸農海內殷實人人自愛不犯刑法故每歲決獄僅至四百及我太宗之朝勤儉化人人用富庶加以德教致于升平故一歲斷刑不滿三十雖則明聖慎刑賢良恤獄之所致也然亦由天下之人生厚德正而寡過也當桀紂之時暴征饑歛萬姓窮苦有怨無恥姦宄並興故是時也比屋可戮及秦之時厚賦以竭人財遠役以殫人力力殫財竭盡為寇賊羣盜滿山赭衣塞路故每歲斷罪數至十萬雖則暴君淫刑姦吏弄法之所致也然亦由天下之人貧困思邪而多罪也由是觀之刑之繁省繫於罪之衆寡也教之廢興繫於人之貧富也聖王不患刑之繁而患罪之衆

不患教之廢而患人之貧故人苟富則教斯興矣罪苟寡則刑斯省矣是以財產不均貧富相併雖堯舜爲主不能息忿爭而省刑獄也衣食不充凍餒並至雖咎陶爲士不能止姦宄而去盜賊也若失之於本求之於末雖聖賢並生臣竊以爲難矣至若察小大之獄審輕重之刑定加減於科條得情僞於察色此有司平刑之要也非王者恤刑之德也至若盡欽恤之道竭哀矜之誠使生者不怨死者不恨此王者恤刑之法也非聖人措刑之道也必欲端影於表澄流於源則在乎富其人崇其教開其廉恥之路塞其冤濫之門使人內樂其生外畏其罪則必過犯自省刑罰自措斯所謂致羣心於有恥立大制於不嚴古者有畫衣冠異章服而人不犯者由此道素行也

五十六論刑法之弊 外法科選法吏

問今之法貞觀之法今之官貞觀之官昔何爲而大和今何

爲而未理事同効異其故何哉將刑法不便於時耶而官吏不得其人耶

臣伏以今之刑法太宗之刑法也今之天下太宗之天下也何乃用於昔而俗以寧壹行於今而人未休和臣以爲非刑法不便於時是官吏不循其法也此由朝廷輕法學賤法吏故應其科與補其吏者率非君子也其多小人也蓋刑法者君子行之則誠信而簡易簡易則人安小人習之則詐僞而滋彰滋章則俗弊此所以刑一而用二法同而理殊者也矧又律令塵蠹於棧閣制勑堆盈於按几官不徧覩法無定科今則條理輕重之文盡詢于法直是使國家生殺之柄假在於小人小人之心孰不可忍至有黷貨賄者矣有祐親愛者矣有陷讎怨者矣有畏權豪者矣有欺賤弱者矣是以重輕加減隨其喜怒出入比附由乎愛憎官不察其所由人不知其所避若然

則雖有貞觀之法苟無貞觀之吏欲其刑善無乃難乎陛下誠欲申明舊章刻革前弊則在乎高其科重其吏而已臣謹按漢制以四科辟士其三曰明習律令足以決疑能按章覆問文中御史者辟而用之伏惟陛下懸法學爲上科則應之者必俊乂也升法直爲清列則授之者必賢良也然後考其能獎其善明察守文者擢爲御史欽恤用情者遷爲法官如此則仁恕之誠廉平之氣不散於簡牘之間矣掊刻之心舞文之弊不生於刀筆之下矣與夫愚詐小吏竊而弄之者功相萬也臣又聞管仲奪伯氏之邑沒無怨言季羔刖門者之足亡而獲宥孔明黜廖立之位死而垂泣三子者可謂能用刑矣臣伏思之亦何代無其人哉在乎求而用之考而獎之而已伏惟陛下再三察焉

五十七使人畏愛悅服理大罪赦小過

問政不可寛寛則人慢刑不可急急則人殘故失於恢恢則漏網而爲弊務於察察則及泉而不祥將使寛猛適宜踈密合制上施畏愛之道下有悦服之心刑政之中何者爲得

臣聞聖人在上使天下畏而愛之悦而服之者由乎理大罪赦小過也書曰宥過無大況小者乎刑故無小況大者乎故宥其小者仁也仁以容之則天下之心愛而悦之矣刑其大者義也義以糾之則天下之心畏而服之矣臣竊見國家用法似異於是何則糾察之政急於朝官而寛於外官懲戒之刑加於小吏而縱於長吏是則權輕而過小者或反繩之寄重而罪大者或反捨之臣復思之恐非先王宥過刑故之道也然則小大之喻其猶魚耶魚之在泉者小也察之不祥魚之吞舟者大也漏之不可刑煩猶水濁水濁則魚喁政寛猶防决防决則魚逝是以善爲理者舉其綱疎其網綱舉則所羅者大矣網疎則所漏者

小也伏惟陛下舉其綱於長吏疎其綱於朝官捨小過以示仁理大罪而明義則畏愛悅服之化闇然而日彰於天下矣

五十八去盜賊 在舉德選能安業厚生

臣聞聖王之去盜賊也有二道焉始則舉有德選有能使教化大行姦宄者去次又安其業厚其生使廉恥大興貪暴者息故舜舉皐陶不仁者遠晉用士會盜奔于秦此舉德選能之効也成康阜其俗禮讓興行文景富其仁盜賊衰息此安業厚生之驗也由是觀之則俗之貪廉盜之有無繫於人之勞逸吏之賢否也方今禁科雖嚴桴鼓未靜敓攘者時聞於道路穿窬者或縱於鄉閭無乃陛下之人有多窮困凍餒者乎無乃陛下之吏有非循良明白者乎伏惟陛下大推愛人之誠廣踰稱善之旨厚其生業使俗知恥格舉以賢德使國無幸人自然廉讓風行姦濫日息則重門罕聞於擊柝外戶庶見於不

高者矣

五十九議赦

臣謹案書曰眚災肆赦又易曰雷雨作解君子以赦過宥罪斯則赦之不可廢也必矣管子曰赦者奔馬之委轡也不赦者痤疽之礦石也又諺曰一歲再赦婦兒瘖啞斯又赦之不可數也明矣然則赦之爲用用必有時數旣失之廢亦未爲得也何者赦之爲德大矣爲賊亦甚矣大凡王者踐祚改元之初一用之則爲德也居常致理之際數用之則爲賊也故踐祚而無赦則布新之義缺而好生之德廢矣居常而數赦則惠姦之路啓而召亂之門開矣由此而觀蓋赦者可疎而不可數也可重而不可廢也用捨之要其在兹乎

六十救學者之失　禮樂詩書

問學者教之根理之本國家設庠序以崇儒術張禮樂而

厚國風師資肅以尊嚴文物煥其明備何則學詩書者拘於文而不通其音習禮樂者滯於數而不達其情故安上之禮未行化人之學將落今欲使工祝知先王之道生徒究聖人之心詩書不失於愚誣禮樂無聞於盈減積之爲言行播之爲風化何爲何作得至於斯

臣聞化人動衆學爲先焉安上尊君禮爲本焉故古之王者未有不先於學本於禮而能建國君人經天緯地者也國家刪定六經之義裁成五禮之文是爲學者之先知生人之大惠也故命太常以典禮樂立太學以教詩書將使乎四術並舉而行萬人相從而化然臣觀太學生徒誦詩書之文而不知詩書之旨太常工祝執禮樂之器而不識禮樂之情遺其音則作忠興孝之義不彰失其情則合敬同愛之誠不著所謂去本而從末棄精而得粗至使陛下語學有將落之憂顧禮有未行之歎

者此由官失其業師非其人故但有修習之名而無訓導之實也伏望審官師之能否辨教學之是非俾講詩者以六義風賦爲宗不專於鳥獸草木之名也讀書者以五代典謨爲旨不專於章句詁訓之文也習禮者以上下長幼爲節不專於俎豆之數裼襲之容也學樂者以中和友孝爲德不專於節奏之變綴兆之度也夫然則詩書無愚誣之失禮樂無盈減之差積而行立者乃升之於朝廷習而事成者乃用之於宗廟是故溫柔敦厚之教疏通知遠之訓暢於中而發於外矣莊敬威嚴之良易直子諒之心行於上而流於下矣則覩之者莫不承順聞之者莫不率從管乎人情出乎理道欲人不化上不安其可得乎

六十一 黜子書

臣聞仲尼沒而微言絕七十子喪而大義乖大義乖則小說

與微言絶則異端起於是乎歧分派別而百氏之書作焉然
則六家之異同馬遷論之備矣九流之得失班固叙之詳矣是
非取捨較然可知今陛下將欲抑諸子之殊途遵聖人之要道
則莫若弘四術之正義崇九經之格言故正義著明則六家
之異見不除而自退矣格言具舉則九流之偏説不禁而自
隱矣夫如是則六家九流尚爲之隱退況百氏之殊文詭製得
不藏匿而銷盪乎斯所謂排小説而扶大義斥異端而闡
微言辨惑嚮方化人成俗之要也伏惟陛下必行之

六十二議禮樂

問禮樂並用其義安在禮樂共理其効何徵禮之崩也何方
以救之乎樂之壞也何術以濟之乎
臣聞序人倫安國家莫先於禮和人神移風俗莫尚於樂二者
所以並天地參陰陽廢一不可也何則禮者納人於别而不能

和也樂者致人於和而不能別也必待禮以濟樂樂以濟禮然後和而無怨別而不爭是以先王並建而用之故理天下如指諸掌耳志曰六經之道同歸而禮樂之用爲急故前代有亂亡者由不能知之也有知而危敗者由不能行之也有行而不至於理者由不能達其情也能達其情者其唯宗周乎周之有天下也修禮達樂者七年刑措不用者四十年負扆垂拱者三百年龜鼎不遷者八百年斯可謂達其情臻其極也故孔子曰吾從周然則繼周者其唯皇家乎臣伏聞禮減則銷銷則崩樂盈則放放則壞故先王減則進之盈則反之濟其不及而洩其過用能正人道反天性奮至德之光焉國家承齊梁陳隋之弊遺風未弭故禮稍失於殺樂稍失於奢伏惟陛下慮其減削則命司禮者大明唐禮防其盈放則詔典樂者少抑鄭聲如此則禮備而不偏樂和而不流矣

繼周之道其在茲乎

六十三　沿革禮樂

問禮樂之用百王共之然則歷代以來或沿而理或革而亂或損而興或益而亡何述作之跡同而得失之効異也方今大制雖立至理未臻豈沿襲損益未適其時宜將文物聲明有乖於古制思欲究盛禮之旨審至樂之情不和者改而更張可繼者守而勿失具陳其要當舉而行

臣聞議者曰禮莫備於三王樂莫盛於五帝非殷周之禮不足以理天下非堯舜之樂不足以和神人是以總章辟雍冠服簠簋之制一不備於古則禮不能行矣干戚羽旄屈伸俯仰之度一不修於古則樂不能和矣古今之論大率如此臣竊謂斯言失其本得其末非通儒之達識也何者夫禮樂者非天降非地出也蓋先王酌於人情張為通理者也苟可以正人倫

寧家國是得制禮之本意也茍可以和人心厚風俗是得作樂之本情矣蓋善沿禮者沿其意不沿其名善變樂者變其數不變其情故得其意則五帝三王不相沿襲而同臻於理矣失其情則王莽屑屑習古適足爲亂矣故曰行禮樂之情者王行禮樂之飾者亡蓋謂是矣且禮本於體樂本於聲文物名數所以飾其體器度節奏所以文其聲聖人之理也禮至則無體樂至則無聲然則茍至於理也聲與體猶可遺況於文與飾乎則本末取捨之宜可明辨矣今陛下以上聖之姿守烈祖之制不待損益足以致理然茍有沿革則願陛下審本末而述作焉蓋禮者以安上理人爲體以別疑防欲爲用以玉帛俎豆爲數以周旋裼襲爲容數與容可損益也體與用不可斯須失也樂者以易直子諒爲心以中和孝友爲德以律度鏗鏘爲飾以綴兆舒疾爲文飾與文可損益

也心與德不可斯須失也夫然則禮得其本樂達其情雖沿
襲損益不同同歸于理矣

六十四復樂古器古曲

問時議者或云樂者聲與器遷音隨曲變若廢今器用古器則哀淫之音息矣若捨今曲奏古曲則正始之音興矣其說若此以爲如何

臣聞樂者本於聲聲者發於情情者繫於政蓋政和則情和情和則聲和而安樂之音由是作焉政失則情失情失則聲失而哀淫之音由是作焉斯所謂音聲之道與政通矣伏覩時議者臣竊以爲不然何者夫器者所以發聲聲之邪正不繫於器之今古也曲者所以名樂樂之哀樂不繫於曲之今古也何以考之若君政驕而荒人心動而怨則雖捨今器用古器而哀淫之聲不散矣若君政善而美人心平而和則雖奏今曲廢古曲

而安樂之音不流矣是故和平之代雖聞桑閒濮上之音人情不淫也不傷也亂亡之代雖聞咸護韶武之音人情不和也不樂也故臣以爲銷鄭衛之聲復正始之音者在乎善其政和其情不在乎改其器易其曲也故曰樂者不可以僞唯明聖者能審而述作焉臣又聞若君政和而平人心安而樂則雖援蕢桴擊野壤聞之者必融融洩洩矣若君政驕而荒人心困而怨則雖撞大鐘伐鳴鼓聞之者適足慘慘戚戚矣故臣以爲諧神人和風俗者在乎善其政懽其心不在乎變其音極其聲也

六十五議祭祀

問聖王立郊廟重祭祀者將以展誠敬而事鬼神乎將欲裨教化而利生人乎

又問近者敬失於鬼祭祀以淫禳禱者有僭濫諂媚之風蒸

嘗者失蹟數豐儉之節今欲使俗無淫祀家不黷神物省費而厚生人守義而不惑何爲何作可以救之

臣聞祭祀之義大率有三禋于天地所以示人報本也祠于聖賢所以訓人崇德也享于祖考所以教人追孝也三者行於天下則萬人順百神和此先王所以重祭祀者也臣又觀之豈直若是而已哉蓋先王因事神而設教因崇祀以利人俾乎人竭其誠物盡其美美致於鬼則利歸於人焉故𤰞其牲牷則牛羊不得不蕃矣豐其粢稷則倉廩不得不實矣美其祭服則布帛不得不精矣不畜者無牲不田者無盛則游惰者不得不懲矣勤本者不得不勉矣四者行於天下雖曰事鬼神其實厚生業也故曰禮行於祭祀則百貨可極焉斯之謂矣然則物力有餘則奢淫之弊起祀事不節則謟黷之萌生先王又防其然也是以宗廟有數豐約有度跡數有時非其度者

則鬼不享而禮不容非其類者則神不歆而刑不捨二者行於天下則人與神不相黷矣不相傷矣近代以來稍違祀典或禮物失於奢儉或巫史假於淫昏追遠者昧從生之文徼福者有媚神之祭雖未甚弊亦宜禁之伏惟陛下崇設人防申明國典蒸嘗不經者示之以禮禳禱非鬼者糾之以刑所謂存其正抑其邪則人不惑矣著其誠謹其物則人厚生矣斯以齊風俗和人神之大端也惟陛下詳之

六十六　禁厚葬

臣伏以國朝參古今之儀制喪葬之紀尊卑豐約煥然有章今則鬱而不行於天下者久矣至使送終之禮大失其中貴賤昧從死之文奢儉乖稱家之義況多藏必辱於死者厚費有害於生人習不知非寖而成俗此乃敗禮法傷財力之一端也陛下誠欲革其弊抑其淫則宜乎振舉國章申明喪紀奢者

侈非宜者齊之以禮凌僭不度者董之以威故威行於下則壞法犯貴之風移矣禮適其中則破産傷生之俗革矣移風革俗其在茲乎

六十七議釋教 僧尼

問漢魏以降像教寖興或曰足以耗蠹國風又云足以輔助王化今欲禁之勿用恐乖誘善崇福之方若許之大行慮成異教殊俗之弊禪化之功誠著傷生之費亦深利病相形從其遠者

臣聞上古之化也大道惟一中古之教也精義無二蓋上率下以一德則下應上無二心故儒墨六家不行於五帝道釋二教不及於三王迨乎德旣下衰道又上失源離派別樸散器分於是乎儒道釋之教鼎立於天下矣降及近代釋氏尤甚焉臣伏覩其教大抵以禪定爲根以慈忍爲本以報應爲枝以齋戒爲

業夫然亦可以誘掖人心輔助王化然臣以爲不可者有以也
臣聞天子者奉天之教令兆人者奉天子之教令令一則理二
則亂若參以外教二三孰甚焉況國家以武定禍亂以文理
華夏執此二柄足以經緯其人矣而又區區西方之教與天子
抗衡臣恐乖古先惟一無二之化也然則根本枝葉王教備
焉何必使人去此取彼若欲以禪定復人性則先王有恭默
無爲之道在若欲以慈忍厚人德則先王有忠恕惻隱之訓在
若欲以報應禁人僻則先王有懲惡勸善之刑在若欲以齋
戒抑人淫則先王有防欲閑邪之禮在雖臻其極則同歸或
能助於王化然於異名則殊俗足以貳乎人心故臣以爲不可
者以此也況僧徒月益佛寺日崇勞人力於土木之功耗人利
於金寶之飾移君親於師資之際曠夫婦於戒律之間古人
云一夫不田有受其餒者一婦不織有受其寒者今天下僧尼

不可勝數皆待農而食待蠶而衣臣竊思之晉宋齊梁以來天下凋弊未必不由此矣伏惟陛下察焉

六十八議文章 碑碣詞賦

問國家化天下以文明奬多士以文學二百餘載文章煥焉然則述作之間久而生弊書事者罕聞於直筆褒美者多覩其虛辭今欲去僞抑淫芟蕪刬穢黜華於枝葉反實於根源引而救之其道安在

臣謹按易曰觀乎人文以化成天下記曰文王以文理則文之用大矣哉自三代以還斯文不振故天以將喪之弊授我國家國家以文德應天以文教牧人以文行選賢以文學取士二百餘載煥乎文章故士無賢不肖率注意於文矣然臣聞大成不能無小弊大美不能無小疵是以凡今秉筆之徒率爾而言者有矣斐然成章者有矣故歌詠詩賦碑碣讚詠之製往往有

虛美者矣有媿辭者矣若行於時則誣善惡而惑當代若傳於後則混眞僞而疑將來臣伏思之恐非先王文理化成之敎也且古之爲文者上以紉王敎繫國風下以存炯戒通諷諭故懲勸善惡之柄執於文士褒貶之際焉補察得失之端操於詩人美刺之間焉今褒貶之文無覈實則懲勸之道缺矣美刺之詩不稽政則補察之義廢矣雖彫章鏤句將焉用之臣又聞稂莠秕稗生於穀反害穀者也淫辭麗藻生於文反傷文者也故農者耘稂莠簸秕稗所以養穀也王者刪淫辭削麗藻所以養文也伏惟陛下詔主文之司諭養文之旨俾辭賦合炯戒諷諭者雖質雖野採而獎之碑誄有虛美愧辭者雖華雖麗禁而絕之若然則爲文者必當尚質抑淫著誠去僞小疵小弊蕩然無遺矣則何慮乎皇家之文章不與三代同風者歟

六十九採詩 以補察時政

問聖人之致理也在乎酌人言察人情而後行爲政順爲教者也然則一人之耳安得徧聞天下之言乎一人之心安得盡知天下之情乎今欲立採詩之官開諷刺之道察其得失之政通其上下之情子大夫以爲如何

臣聞聖王酌人之言補已之過所以立理本導化源也將在乎選觀風之使建採詩之官俾乎歌詠之聲諷刺之興日採於下歲獻於上者也所謂言之者無罪聞之者足以自誡大凡人之感於事則必動於情然後興於嗟歎發於吟詠而形於歌詩矣故聞蓼蕭之詩則知澤及四海也聞禾黍之詠則知時和歲豐也聞北風之言則知威虐及人也聞碩鼠之刺則知重斂於下也聞廣袖高髻之謠則知風俗之奢蕩也聞誰其獲者婦與姑之言則知征役之廢業也故國風之盛衰由斯而

見也王政之得失由斯而聞也人情之哀樂由斯而知也然後君臣親覽而斟酌焉政之廢者修之闕者補之人之憂者樂之勞者逸之所謂善防川者決之使導善理人者宣之使言故政有毫髮之善下必知也教有錙銖之失上必聞也則上之誠明何憂乎不下達下之利病何患乎不上知上下交和內外胥悅若此而不臻至理不致昇平自開闢以來未之聞也老子曰不出戶知天下斯之謂歟

七十納諫 上封章廣視聽

問國家立諫諍之官開啓沃之路久矣而謇諤者未盡其節謀猷者未竭其誠思欲取天下之耳目裨我視聽盡天下之心智爲我思謀政之壅蔽者決於中令之絕滅者通于外上無違德下無隱情可爲何方得至於此

又問先王立訓唯諫是從然則歷代君臣有賢有否至若獻

替之際是非之間若君過臣規固宜有言必納如上得下失豈
可從諫如流以是訓人其義安在
臣聞天子之耳不能自聰合天下之耳聽之而後聰也天子之目不能自明合天下之目視之而後明也天子之心不能自聖合天下之心思之而後聖也若天子唯以兩耳聽之兩目視之一心思之則十步之內不能聞也百步之外不能見也殿庭之外不能知也而況四海之大萬樞之繁者乎聖王知其然故立諫諍諷議之官開獻替啓沃之道俾乎補察遺闕輔助聰明猶懼其未也於是設敢諫之鼓建進善之旌立誹謗之木工商得以流議士庶得以傳言然後過日聞而德日新矣是以古之聖王由此塗出焉臣又聞不棄死馬之骨然後良驥可得也不棄狂夫之言然後佳謀可聞也苟臣管見之中有可取者陛下取而行之苟臣蒭言之中有可採者陛下採而用之則聞

之者必曰如某之言如某之見猶且不棄況愈於某之徒歟則天下謀猷之士得不比肩而至乎天下謇諤之臣得不繼踵而來乎故覽其謀猷則天下之利病如懸於握中矣納其謇諤則朝廷之得失如指諸掌内矣所謂用天下之耳聽之則無不聰也用天下之目視之則無不明也用天下之心識思謀之則無不聖神也聖神啓於上聰明達於下如此則何壅蔽之有耶滅絶之有耶臣又嘗觀歷代人君有愚有賢舉事非盡失也人臣者有能有否出言非盡得也然則先王勤勤懇懇勸從諫誡自用者又何哉豈不以自古以來君雖有得未有愎諫而理者也況其有失乎臣雖有失未有從諫而亂者也況其有得乎勤懇勸誡之義在於此矣伏惟陛下鑒之

七十一去諂佞　從讜直

問天地無私賢愚間生焉理亂有時邪正迭用焉然則理

代豈無愚邪者耶將有而不任耶亂代豈無賢正者耶將有
而不用耶思決所疑可徵其驗
又問歷代之君無不知用賢則理用愚則亂從諫興從佞亡
也而取捨之際紛然自迷故誅放者多非小人寵用者鮮有
君子至使衰亡危亂歷代相望豈臣之邪正惑其心乎將已
之愛惡昏其鑒乎昏惑之由必有其故
臣聞昏明不並興邪正不兩廢蓋賢者進則愚者退矣幽者
用則直者隱矣亦由晝夜相代寒暑相推必然之理也然則
盛明之代非無小人小人之道消不能見而爲乱也昏衰之代
非無君子君子之道消不出而爲理也故殷紂之末三仁在朝
虞舜之初四凶在位雖仁在朝不能用之所以喪天下速於旋
踵也雖凶在位卒能去之所以理天下易如覆掌也用捨興亡之
驗唯明主能察之然則歷代之主莫不知邦以賢盛以愚衰君

以諫安以佞危然則猶前車覆而後車不誡者何也蓋常人之情悦其從命遜志者惡其違己守道者又君子難進而易退況惡之乎小人易進而難退況悦之乎是則常主之待君子也必敬而踈其遇小人也必輕而狎狎則恩易下及踈則情難上通是以面從者日親動則假虎威而自負也骨骾者日踈言則犯龍鱗而必死也故政令日以壞邦家日以傾斯所以變盛爲衰轉安爲危者矣是以明王知君子之守道也雖違於己引而進之知小人之徇惑也雖從於命推而遠之知讜言之爲良藥也雖逆于耳怨而容之知佞言之爲美疹也雖遜志忍而絶之故政令日以和邦家日以理斯所以變衰爲盛轉危爲安者矣盛衰安危之効唯明主能鑒之

七十二使臣盡忠人愛上 在乎明報施之道

夫欲使臣節盡忠人心愛上則在乎明報施之道也傳曰美

惡周必復又曰其事好還然則復與還皆報施之謂也夫日月不復則晝夜不生陰陽不復則寒暑不行善惡不復則君臣不成昔者五帝接其臣以道故臣致其君以德也三王使其臣以禮故其臣事君以忠也秦漢以降任其臣以利故其臣奉君以賈道賈道者利則進不利則退故君昏寡救惡之士國危鮮致命之臣是以其君獨安獨危其臣亦獨憂獨樂君臣之道既阻於上則兆庶之心不得不離于下也故曰君視臣如股肱則臣視君如元首君待臣如犬馬則臣待君如路人君愛人如赤子則人愛君如父母君視人如土芥則人視君如寇讎孔子云審吾之所以適人知人之所以來我也則盡忠愛上之來在於此不在於彼矣

七十三養老 在使之壽富貴

臣聞昔者西伯善養老而天下歸心善養者非家至戶見衣

而食之蓋能爲其立田里之制以安其業導樹畜之產以厚其生使生有所養老有所終死有所送也近代之主以爲老者非帛不暖非肉不飽而特頒其布帛肉粟之賜則爲養老之道盡於是矣臣以爲此小惠也非大德也何則賜之以布帛仁則仁矣不若勸其桑麻之業使天下五十者可以衣帛矣賜之以肉粟惠則惠矣不若敎其雞豚之畜使天下七十者可以肉食矣然後牧以仁賢愼其刑罰雖不與之年而老者得以壽矣不奪其力不擾其時雖不與之財而老者得以富矣使幼者事長少者敬老雖不與之爵而老者得以貴矣此三代盛王所以不遺年而興孝者用此道也

七十四睦親 選用

臣聞聖人南面而理天下自人道始矣人道之始始於親親故堯之敎也睦九族而平百姓文王之訓也刑寡妻而御家邦斯

可謂教之源理之本也今陛下誠欲推其恩廣其愛使惠洽
九族化流萬人則宜乎先親後踈自近及遠者也然後置其
師傅閑之以教訓選其賢能授之以官政或出爲牧守入爲公卿
如此則雖無三代封建之名而有三代翼戴之實也使棣華
之詠協于內麟趾之風著于外所謂枝葉茂而本根可庇
骨肉厚而家國俱肥則天下之人相從而化矣故曰未有九
族睦而萬人叛者也未有九族離而萬人和者也蓋先王所
以布六順而化百姓敷五教而協萬邦者由此道素行也

七十五典章禁令

問子大夫才膺閒出副我旁求宜當悉心靡有所隱其或
典章有違於古禁令不便於今爾無面從予將親覽

臣伏以今之典章百王之典章也安有戾於古道者歟今之禁
令列聖之禁令也安有疵於昔時者歟但在乎奉與不奉行

與不行耳陛下之念至此誠思理之心切好問之旨深也此臣所以極千慮昧萬死而獻狂直者以副天心之萬一焉

臣聞典章不能自舉待教令而舉教令不能自行待誠信而行今百王之典具存列聖之法明備而禁未甚止令未甚行者臣愚以爲待陛下誠信以將之昔宓賤行化德及泉魚非嚴刑所致也推其誠而已魯恭爲理仁及春翟非猛政所驅也委其信而已今以陛下上聖之姿仁惠之力令行禁止之勢萬萬於一邑一宰也何慮教不敷而化不洽乎臣聞周公之理也周年而變三年而化五年而定陛下苟能勤教令以撫之推誠信以奉之則三年化成五年理定臣竊未以爲遲矣伏惟陛下少垂意而待焉

白氏文集卷第六十五